英語教師　夏目漱石◆目　次

第一章　漱石の英語力　9

第二章　漱石の英語教育論　69

第三章　英語教師夏目金之助（松山・熊本時代）　123

英語教師　夏目漱石

第一章　漱石の英語力

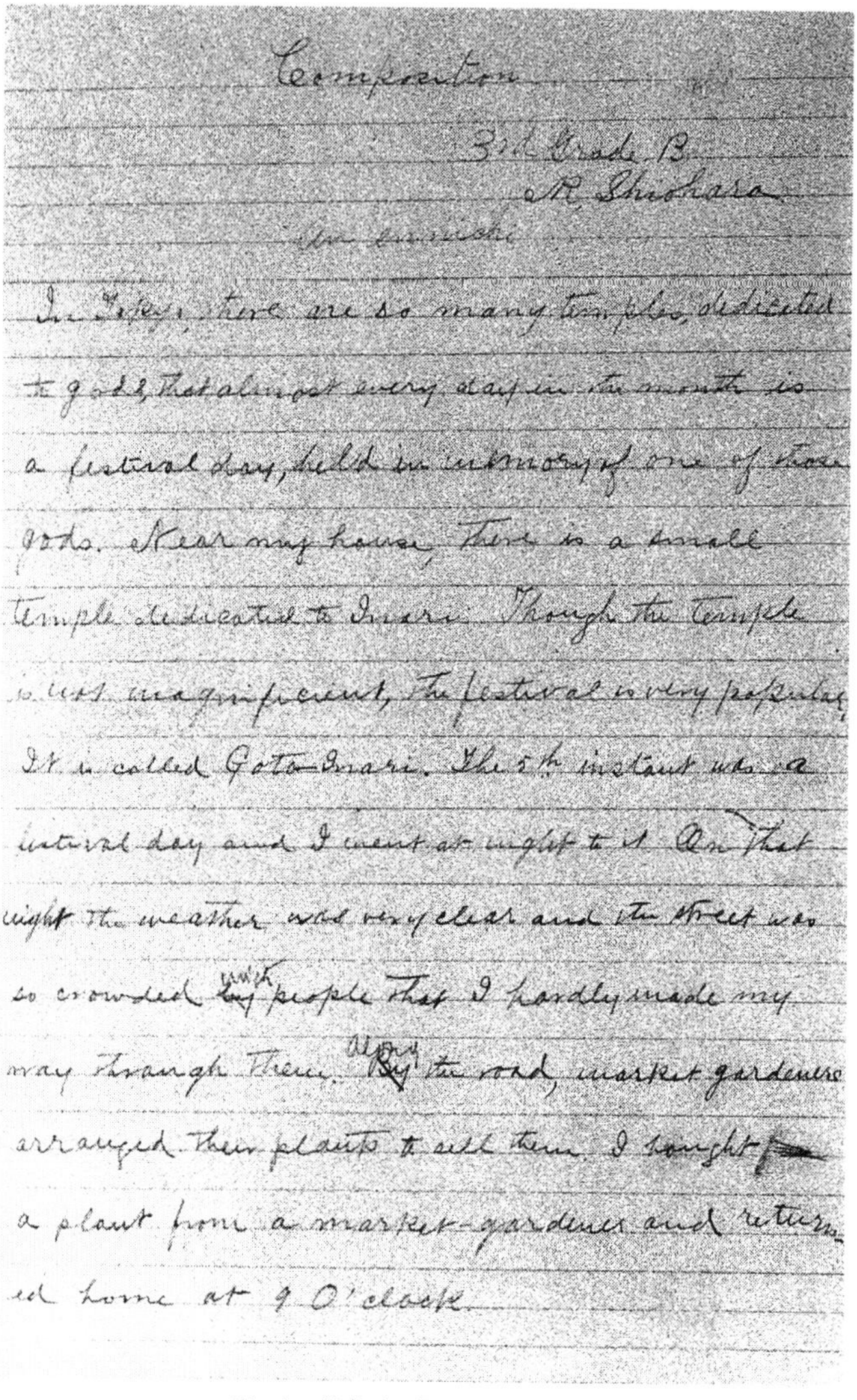
Composition

3rd Grade B
N. Shiohara

An Ennichi

In Tokyo, there are so many temples, dedicated
to gods, that almost every day in the month is
a festival day, held in memory of one of those
gods. Near my house, there is a small
temple dedicated to Inari. Though the temple
is not magnificent, the festival is very popular.
It is called Goto-Inari. The 5th instant was a
festival day and I went at night to it. On that
night the weather was very clear and the street was
so crowded ~~by~~ with people that I hardly made my
way through them. ~~By~~ Along the road, market gardeners
arranged their plants to sell them. I bought
a plant from a market-gardener and return-
ed home at 9 O'clock.

漱石の英作文「An Ennichi」
本文37ページ参照

明治三十三（一九〇〇）年十月五日午後三時三十分、漱石はロンドン留学のために乗船したドイツ船籍プロイセン号の一等室でノット夫人と談笑していた。夫人は熊本在住時代の知人で、この前日、偶然にも船内で再会したのである。漱石によれば、夫人の英語は音調が低い上に日本人相手でも早口で、聞き取りづらく閉口したという。しかし、夫人の方は漱石の英語力を高く買っていた。このことについて「誰ニモ我英語ニ巧ミナリトテ称賛セラル赤面ノ至ナリ」と漱石の日記にある。

漱石は終生、自分の音声面での英語能力にあまり自信を持っていなかったが、当時はもちろんのこと現在のレベルで考えても、外国人として十分賞賛に値する英会話力を有していた。その実力はこの旅行中も遺憾なく発揮され、外国人宣教師を宗教に関する議論で論破しているのである。時に漱石三十三歳（以下、すべて満年齢）。ノット夫人と話し終えて甲板に立ち寄った漱石の眼下には、インド洋の大海原が広がっていた。

中学校中退

漱石の英語力については、従来「抜群の力量」とか「非常に高度なもの」といったはなはだ曖昧な表現で片づけられていた。だが、英語教師としての夏目漱石を論じるのならば、その能力をより正確に把握することは必須の条件だと思う。そこで本章では、漱石の英語力をその学習歴に沿った形で可能な限り具体的に検証していきたい。

そもそも漱石は何歳の時から英語を学んだのか。漱石は明治十一（一八七八）年に小学校を修了しているが、当時、下等と上等にわかれていた小学校では、明治五年八月に布告された「学制」によって上等小学校の追加科目として「外国語」を教えることが認められていた。しかし、実際にはあらゆる条件が整備されていなかったので、この時代に小学校で外国語教育はほとんど行われず、漱石が英語を学んだという記録も残されていない。

ちなみに小学校での外国語教育は明治十二年の「教育令」で一度廃止され、明治十七年に復活した後、明治十八年に森有礼が文部大臣になって英語教育重視の政策を打ち立てた頃から、地域によっては盛んに実施されるようになった。従って明治の先駆者から見れば、小学校での外国語教育の導入をようやく決定したものの、まだ及び腰の現代の行政など笑止千万であろう。

小学校を終えた漱石は、明治十二年三月、十二歳で「東京府第一中学校正則科」に入学したが、ここでも中途退学するまで英語は学ばなかったものと思われる。これについて漱石は次のように語っている。

正則といふのは日本語許りで、普通学の総てを教授されたものであるが、その代り英語は更にやらなかつた。変則の方はこれと異つて、たゞ英語のみを教ふるといふに止つてゐた。それで、私は何《いつ》れに居たかと云へば、此の正則の方であつたから、英語は些《すこ》しも習はなかつたのである。

（「一貫したる不勉強」明治四十二年）

「学制」では、中学校は小学校を卒業した生徒に「普通ノ学科」を教える所とされていた。だが現実には教師・教科書・設備のいずれも不十分だったので、時の風潮により外国語学習の希望者が多かったことから、「外国教師ニテ教授スル中学教則」が定められた。これにより、英・仏・独語いずれでも中学の履修が可能とされ、実際にはほとんどの者が英語で学んだようだ。漱石の談話にある「正則」と「変則」を見ると、学制の布告から七年を経ても、なお中学校の制度は一元化されていない。さらにこの先の学校歴からも、漱石が教育制度の混沌としていた時代に学生時代を送ったことがわかる。

漱石が正則科に入学した理由については、「漱石はこの頃、漢学を好んで英語が嫌いであったから」という推測もあるが、この説が後述する二松学舎入学後の漱石の「英語大嫌い発言」を拠り所にしていることから、時期を混同しているのは明白である。現在のところ、中学入学前に漱石が嫌いになるほど英語と接点があった形跡は、小学校以外にもどこにも存在しない。漱石の

「英語を修めてゐぬから、当時の予備門に入ることが六ケ敷《むつかし》い。これではつまらぬ、今まで自分の抱いてゐた、志望が達せられぬことになるから、是非廃《よ》さうといふ考を起したのであるが、却々《なかなか》親が承知して呉れぬ」という言葉を素直に読めば、親の意志で正則科に入学したようだが、三十年後の功成り名を遂げてからの談話だから、これをもって断定するのも危険であろう。

ただいずれにせよ、入試科目で英語が必要な「東京大学予備門」（以下、大学予備門）への入学を志した漱石にとって、英語をやらない正則科に入学したのが回り道であったのは事実である。明治十四年には「中学校教則大綱」によって初等中学科の一年から週六時間の英語の授業が一般的になったから、もし漱石が少し遅れて中学校に入学したならば、少なくとも英語の授業がないという理由で中退することはなかったと思う。

英語ぎらい

漱石がいつ東京府第一中学校を中退したのか、その正確な日付は不明である。本人は「二三年で僕は此中学を止めて終つて」と語っており、明治十四年夏には二松学舎に在籍していることが確実だから、現在の通説では同年の春頃に中学校をやめ、二松学舎の第三級第一課に入学したとされている。

ここで不思議なのは、英語の試験を課す大学予備門への進学を希望して中学校を去った漱石が、なぜまたしても「英語を教えない」二松学舎に入学したのかである。この問題については古くから様々な憶測がなされており、漱石の高弟小宮豊隆の意見がその代表的なものと言える。

「正則」の中学に這入つたものの、それを卒業しても、英語を勉強するのでなければ上の学校へは這入れないといふ事が分かつたので、竟《つひ》に其所を出てしまつたが、然し「英語と来たら大嫌ひで手に取るのも厭な様な気がし」ていたので、丁度中学をやめたのを機会に、自分の好きな「漢学」を専門に勉強する気で、二松学舎に這入つたものではないか。

（『夏目漱石』岩波書店）

この説によれば、漱石は第一中学校正則科在校中に英語嫌いになって、英語のない二松学舎を選択したことになる。ここでポイントになるのは、小宮の挙げている「英語と来たら大嫌ひで手に取るのも厭な様な気がし」という漱石の言葉である。漱石はこれを次のような文脈で用いている。

今は英文学などをやつて居るが、其頃は英語と来たら大嫌ひで手に取るのも厭な様な気がした。兄が英語をやつて居たから家では少し宛教えられたけれど、教える兄は疳癪持《かんしやくもち》、教はる僕は大嫌いと来て居るから到底長く続く筈もなく、ナシヨナルの二位《くらゐ》でお終になつて了つた

（「落第」明治三十九年）

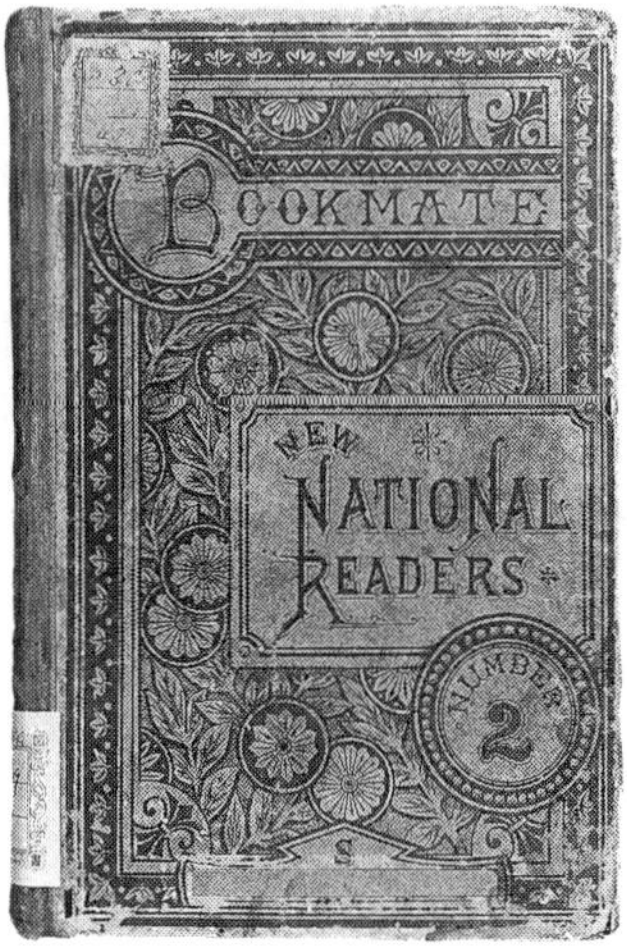

『ナショナル第二読本』

「其頃」がその前の流れから二松学舎在校中であるのは間違いないので、実は小宮が引用した部分自体は、英語のない二松学舎進学の理由にはならない。この点に関しては、漱石の次男の伸六も『父・夏目漱石』（文藝春秋新社）で誤解している。

ただ漱石はそれに続く文で、二松学舎在校中に兄から英語を短期間教わって「ナショナルの二位」までは終了したと語っている。この「ナショナルの二」は、C・バーンズの『ナショナル第二読本』(Charles Barnes : New National Second Reader) のことと思われる。ということは、「ナショナルの二」レベルはやはり小宮の推測通り、第一中学校正則科在校中に家で長兄の大助から学んだ可能性が高い。なお、この文からは大助以外の人に習った可能性も読み取れるが、今のところ第三者の存在を裏づけるものはない。

これに関連して、荒正人の『増補改訂漱石研究年表』（集英社）には「大助から『ウィルソン・リーダー』を教えられる。明治十二年（一八七九）、十三歳で、東京府第一中学校正則科に入学してからだと想像される」と記載されている。ここに書かれた教科書は、M・ウィルソンの『ウィルソン読本』(Marcius Willson : Reader of the School and Family Series) であろう。荒がこの教科書を記述した根拠は不明だが、漱石の言葉を注意深く読むと、「ナショナルの二」は英語のレベルを表すのに引き合いに出されているだけだから、他の教科書で学んだ可能性を否定するものではない。

空白の時代

使用教科書がなんであったにせよ、漱石が第一中学校にいた時に家で英語を学び、そしてその段階で嫌いになったとするならば、なるほど英語のない二松学舎に進んだ理由にはなる。この意味において先の小宮説は正しい。だが小宮説は根本的なことを忘れている。すなわち英語を学ばないならば、英語が受験科目の大学予備門を目指すことは不可能なのだから、そもそも第一中学校正則科をやめる必要もないということである。

とすると、考えられる選択肢は二つに絞られる。一つは、漱石が第一中学校正則科を退学したのは、大学予備門を受験するためではないという可能性である。これならば、英語をやらない二松学舎に移ったのも何の不思議もない。ただし、これは漱石の回想と明らかに矛盾する。

もう一つは、漱石は英語学習のために第一中学校を去ったが、学校を変わった後の何らかの事情で、本来興味のある漢学を専門とする二松学舎に入ってしまったという可能性である。これについては、明治十四年一月九日に実母が死亡したことの影響を示唆する説もある。もしこちらが真実に近いとすると、漱石が第一中学校を退学したのは、通説の唱える二松学舎に入る直前の明治十四年春ではなく、母の死より前の明治十三年ということになる。確かに、明治十三年の漱石の行動はほとんどわかっていないし、通説も根拠は非常に薄い。
また夏目伸六は実母死亡の影響とは別に、漱石は一旦は英語習得の決意をしたものの、やはりそれが嫌で嫌でならない上に、どうしても子供の頃からの漢文への親しみを捨て去ることができなかったのではないか、と推測している。嫌で嫌でならなかったかどうかは議論の余地があるにせよ、第一中学校を退学当初、大学予備門の試験のために英語を習得しようという意欲に欠けていた、というある意味では最も陳腐な理由が、以下の漱石の談話からも案外正答なのかもしれない。

　私は正則の方を廃《よ》してから、暫く、約一年許りも麹町の二松学舎に通つて、漢学許り専門に習つてゐたが、英語の必要——英語を修めなければ静止《ぢっと》してゐられぬといふ必要が、日一日と迫つて来た。そこで前記の成立学舎に入ることにした。
（「一貫したる不勉強」）

漱石が二松学舎にいつまで在籍したのか、あるいはいつ退学したのかについても、確かな日付は不明である。『漱石全集』の年譜は小宮の『夏目漱石』に従い明治十五年春頃とし、江藤淳の『漱石とその時代　第一部』（新潮社）は二松学舎の第二級第三課を修了した明治十四年十一月としているが、どちらも決定的な証拠に欠ける。そしてその後、明治十六年秋頃（これも推定）に神田駿河台の成立学舎に入学するまでの一年半から二年の間、どこで何をしていたのか漱石は全く語っていない。漱石の年譜上の空白期間であり、いまだに大きな謎である。

中二レベルの英語力

漱石は、十六歳の秋に神田駿河台の成立学舎に入学した。成立学舎は大学予備門受験のための予備校であり、ここで初めて、漱石は本格的に英語教育を受けることになったのである。この学校について詳しいことはわからないが、校舎は不潔かつ殺風景なもので、冬になると寒い風が吹き込み、教師は学費を稼ぐことを目的とした大学生であったらしい。しかし意外なことに、この何やら侘しい成立学舎の教室で、百年後の千円札と五千円札の肖像画となる二人の人物が机を並べて学んでいた。すなわち、漱石と新渡戸稲造である。

新渡戸博士は、既に札幌農学校を済して、大学選科に通ひながら、その間に来てゐたやうに覚えて居る。何でも私と新渡戸氏とは隣合つた席に居たもので、その頃から私は同氏を知つてゐたが、先方では気が付かなかつたものと見え、つい此の頃のことである。同氏に会つた折、「僕は今日初めて君に会つたのだ」と初対面の挨拶を交はされたから私は笑つて、「いや、貴君《あなた》をば昔成立塾に居た頃からよく知つてゐます」と云ふと、「あゝ其那《そんな》ことであつたかね」と、先方《むかう》でも笑ひ出されたやうなことである。

（「一貫したる不勉強」）

二松学舎を退学後、成立学舎入学までの少なくとも一年半の間、漱石の足跡が不詳であることは前述した。ただ次の漱石の談話から、この期間に英語はほとんどやっていないことが推測できる。

ナシヨナルの二位しか読めないのが急に上の級《くらす》へ入つて、頭からスゥヰントンの『万国史』などを読んだ（「落第」）

英語に就ては、その前私の兄がやつてゐたので、それについて少し許り習つたこともあるが、どうも六ケ敷て解らないから、暫らく廃して了つた。その後少しも英語といふものは学ばずにゐた（「一貫したる不勉強」）

漱石によれば、成立学舎では数学・歴史・地理など英語以外の教科についても、原書を使って授業をしていた。それに対して漱石は、「ナシヨナルの二位」しか読めない英語力であったという。それでは「ナシヨナルの二位」とはどの程度のレベルなのか。ここでいよいよ、漱石の英語力を検証する第一ステージとして、この成立学舎入学当時を考えてみたい。

『ナショナル読本』は、明治中期から大正に至る長い間、日本全国の中学校で広範囲に亘って用いられた教科書であった。この教科書の人気がいかに高かったかは、雑誌『英語青年』がこの第四と第五読本の訳と注釈を長く連載していたことからもわかる。そして明治三十五（一九〇二）年の「中学校教授要目」では、『ナショナル第二読本』は中学一年の終わりから二年にかけて使用すべき教科書とされていた。ただし当時の中学校は現在と同じ年齢での入学であったが、比較する上では、高等小学校における英語教育がかなり普及していたことも考慮する必要がありそうだ。

実際に『ナショナル第二読本』を見ると、文法事項については相当高度なものまで登場していることがわかる。

If he had gone in there, he would have brushed down that spider's web.

この文に使われている仮定法過去完了は、現在普通の進度で英語の授業を行っている学校では、高校一～二年で教える文法である。その他、『ナショナル第二読本』には現在完了・関係代名詞など、今は中学三年の教科書で主に学習する用法がほぼすべて網羅されている。明治時代に、教科書に出てくるこれらの内容をどのくらい文法的に説明したのかは不明だが、英文の文法のレベルとしては、現在の中学三年から高校一年の教科書程度と言えると思う。

他方、単語については日常生活で使うものや動物の名前などが中心で、知的抽象的な意味のものは少なく、今でいえば中学二年レベルないしはそれ以下である。これはもともと、舶来教科書が英語を母国語とする比較的低年齢の者を対象としていることに由来し、ストーリー自体も日本の十四、五歳の生徒にとっては幼稚に感じられたようだ。このことに関して、漱石も後に英語教育論の中で、舶来の教科書を使用する欠点としてはっきりと指摘している。

このように、文法と単語でかなりのレベルの開きがあることと、個々の文法事項を詳細に説明するのは恐らく高学年に進んでからであったことを考慮すると、『ナショナル第二読本』を終了した場合、おおよそ現在の中学二年修了程度と考えられる。漱石について言えば、家で英語教師ではない兄に、しかも嫌々ながら習ったのだから、常識的に考えればこのレベルにすら達していなかったはずである。

従って、成立学舎入学時に十六歳（現在の高校一年生の年齢）だった漱石が、もし現代の高校入試で難関私立高校の英語の問題にチャレンジしたとしても、全然歯が立たなかったであろう。公立高校の問題ですら厳しかったかもしれない。これが当時の漱石の英語力だったのである。またもちろん、英会話能力がほとんどなかったことは間違いない。

多読の効用

この程度の英語力の漱石が、数学・歴史まで英語で書かれた教科書を使って授業を受けたのだから、大変な苦労があったことは容易に想像できよう。漱石自ら「殆ど一年許り一生懸命に英語を勉強した」とか「其時は好な漢籍さへ一冊残らず売つて了ひ夢中になつて勉強した」と述懐しているように、成立学舎では英語の学習に専心したらしい。残念ながら、この時代に使用した教科書などはほとんどわかっていないので、具体的な勉強の内容は不詳である。ただ、一般的には特別な学習法があったわけではなく、ともかく多読を心掛けたふしがある。

英語は斯ういふ風にやつたらよからうといふ自覚もなし、唯早く、一日も早くどんな書物を見ても、それに何が書いてあるかといふことを知りたくて堪らなかつた。それで謂はゞ矢鱈《やたら》に読んで見た（中略）先づ自分で苦労して、読み得るだけの力を養ふ外ないと思つて、何でも矢鱈に読んだやうである

（「一貫したる不勉強」）

この多読の効用について、漱石は別の談話でより明確に強調している。

英語を修むる青年は或る程度まで修めたら辞書を引かないで無茶苦茶に英書を沢山《たん》と読むがよい、少し解らない節があつて其処は飛ばして読んで往つてもドシ〳〵と読書して往くと終には解るやうになる（中略）要するに英語を学ぶものは日本人がちやうど国語を学ぶやうな状態に自然的慣習によつてやるがよい、即ち幾遍となく繰返へし繰返へしするがよい、チト極端な話のやうだが之も自然の方法であるから手当り次第読んで往くがよからう

（「現代読書法」明治三十九年）

ここで漱石が語っていることは、英語のみならず外国語を読めるようになるための重要な指摘と言える。すなわち、ある範囲の単語と文法の知識を学んだら、どんどん英文を読むのが読解力養成の近道なのである。単語と文法の生の知識がいくらあっても、実際に「読む」という経験な

くして読解力はつかない。そしてこの多読という点に関して言えば、現在の特に中学校の英語教育はまさにこれに逆行している。コミュニケーション能力重視の傾向の中で、教科書も会話文が中心となり、副読本を読ませる機会も以前より確実に減った。その結果、生徒の英文読解能力は年々落ちていると言ってよい。

最近、東大生の英語力が低下の一途をたどっていると指摘されている。しかし厳密に言えば、音声面の能力は向上しつつある。例えば、東大生に限らず現在の大学生一般のリスニング力は、外国と比べればとうてい誇れるレベルではないものの、二十年前よりは間違いなく高い。英語をコミュニケーションの手段として使いこなす能力が求められる今日、これはもちろん結構なことだ。ただ他方、今の学生の読解及び作文能力の低さは目を覆わしめるものがあり、恐らく明治以来最低のレベルにあると思う。東大生の英語力云々も、この面が強調されたものに違いない。

これは、日本の英語教育における長い読解偏重時代に対する反動が、皮肉にも招いたツケである。つまり「読めても話せない」ことへの反省が、「話せれば読めなくてもよい」という極端な方向への改革を促進させたのだ。読めなくてもよいとは誰もいわないが、結果的にそうなっていると言わざるを得ない。その端的な例が文法軽視、さらには文法無視の風潮であろう。

確かに、重箱の隅をつついたような文法問題が入学試験で幅を利かせるのは誤っている。しかし、母国語でない言語を習得するためには、文法や構文の基礎知識が必須である。例えば、筋肉のメカニズムを知らなくても走ることができるように、生活の中で使っている母国語は、文法を知らなくても自在にこなすことができる。だが外国語はそうはいかない。「フィーリングで読む」

と言えばかっこいいが、実際には誤訳を奨励しているようなものなのである。

思うに、現代日本の英語教育における最大の問題はここにある。昔も今も、日本人は英語が「話せない、聞けない」ことのみを問題視してきたが、「聞く・話す・読む・書く」の四技能が揃って始めて、ある言語を習得したと言えることが忘れ去られている。その意味において、漱石の英語学習方法＝多読はこれからの英語教育でも大いに取り入れる必要があると思う。常識で考えればわかるように、中学・高校の六年間で総字数が英字新聞一日分にもならない教科書と、わずかな長文問題集しか読んでいない生徒が、「読める」ようになるはずはないのである。

なお付言すれば、「話す・聞く」を強調する割には、今日の日本人のコミュニケーション能力の進歩は大いに物足りない。これだけ町に英会話学校が氾濫し、ネイティブ・スピーカーに教わる機会が増え、CDやビデオなどの視聴覚教材が山とあるのに、TOEFL（主に米大学進学のための外国人向けの英語試験）の日本人の平均スコアーはアジアでも最低レベルなのだ。従って、「読めても話せない」どころか、今日英語を学んでいる人の多くは「読めないし話せない」のが現実である。

カンニング無用

さて、こうして必死に英語学習に励んだ漱石は、成立学舎入学から一年後の明治十七（一八八四）年九月、大学予備門への入学を果した。なお『増補改訂 漱石研究年表』には、その前に「明治英学校」で学んだとあるが、成立学舎と同時に通っていたかなど詳細は一切わからず、『漱石全集』の年譜にも記載はない。

当時の大学予備門の入試科目は次の通りである。

一、和漢文
（1）「読書」（凡ソ日本外史皇朝史略等ト其程度ヲ同フスル書類ヲ用フ但シ上ニ名ヲ掲ケタル書ハ之ヲ用ヒス）
（2）「作文仮名雑文」
二、独逸語或ヒハ英語
（1）「訳解」—訳読と反訳（英作文のこと—筆者注）
（英語学ハ凡ソスウヰントン万国史、グードリツチ英国史等ト其程度ヲ同フスル書類ヲ用フ但シ上ニ名ヲ掲ゲタル書ハ之ヲ用ヒス）
（2）「文法」
三、数学
（1）「算術」（終迄）
（2）「代数」（初歩一次方程式）
四、身体検査

大学予備門時代（前列左より二人目が漱石）

漱石と大学予備門で同級の水野錬太郎（後の文部大臣）の回想によると、漱石が受験した年の大学予備門の競争倍率は四ないし五倍であった。漱石はこの入試本番の代数で、何と成立学舎の級友橋本左五郎の答案を見て切り抜けたことを後年になって明かしている。

橋本は余よりも英語や数学に於て先輩であつた。入学試験のとき代数が六づかしくつて途方に暮れたから、そつと隣席の橋本から教へて貰つて、其御蔭でやつと入学した。所が教へた方の橋本は見事に落第した。
（『満韓ところ〴〵』）

一方、漱石は英語については出来具合を含めて一切言及していない。漱石が受けた大学予備門の試験問題は未見だが、英語の試験のレベルを知る上で、入試科目の「訳解」について難易度の目安として挙げられている本が参考になる。ここに掲げられた「スウヰントン万国史」とは、W・スウィントンの『万国史』(William Swinton : Outlines of the World's History) のことで、明治初期、広く読まれた本であった。

成立学舎入学当初、漱石は「ナシヨナルの二位しか読めないのが急に上の級へ入つて、頭からスゥヰントンの『万国史』などを読んだ」と述べているが、これが大学予備門受験対策のためだったことが「訳解」の注記からわかる。『万国史』は語彙も文法もかなり高度な本だから、これと同レベルの本を出典としている以上、大学予備門の試験問題が現在の高校入試問題よりかなり難しかったのは容易に想像できよう。

さらに、漱石が受験する前年の春まで実施されていた「東京大学予備門第三級(最下級)へ入学試業選定課目」によれば、『万国史』と並んで『サンダル第四読本』がレベルの例として挙げられているので、より正確な分析が可能となる。『サンダル第四読本』とはC・サンダースの『ユニオン第四読本』(Charles Sanders : Union Fourth Reader) のことで、この教科書は『ナショナル読本』と同レベルかつそれに匹敵するほど使用頻度の高い本であった。

明治五年の「外国教師ニテ教授スル中学教則」では、『ユニオン第四読本』は下等中学五級(十五~十六歳)の使用教科書とされ、尋常中学校でもこれと近い年齢の第四学年で主に使用されていた。従って今の学年では高校一年あたりの教科書ということになる。ただしこの本の語彙・文法は、現在の高校一年生が使う「英語I」の教科書より程度が高く相当難しい。だからこそ、今より読解中心の教育を行っていた明治時代でさえ、大学予備門の出題程度の目安とされたのであり、『ユニオン第四読本』をこなせることが地方の中学卒業生の目指したレベルであったという（松村幹男『明治期英語教育研究』辞游社）。

大学予備門の入試科目には漱石が得意とする和漢文も入っているし、英語ができて合格したと断定する根拠は何もない。ただわずか一年で、『ナショナル第二読本』のレベルから『ユニオン第四読本』をこなせるレベルまで長足の進歩を遂げていたのは、「(英語が) 終にはだん〴〵分る様になつて其年の夏は運よく大学予備門へ入ることが出来た」という本人の弁と、少なくとも「カンニング」をする必要がなかったことからも十分推測できる。多読のおかげであろう。また漢学に代表されるように、漱石が秀れた言語習得能力の持ち主だったのも確かだと思う。

数学も英語

漱石が入学した当時の大学予備門は四年制で、同級に正岡子規・山田美妙・南方熊楠《みなかたくまくす》、一年先輩に尾崎紅葉・川上眉山と豪華な顔ぶれであった。明治十七年の「改正予備門学科課程」によると、英語の授業内容と時間数は以下の通りである。

第一年（第四級）
授業内容　釈解、作文・文法
授業時間数　週十二時間

第二年（第三級）
授業内容　釈解、作文・文法
授業時間数　週十二時間

第三年（第二級）
授業内容　　語解、作文
授業時間数　週四ないし六時間

第四年（第一級）
授業内容　　語解、作文
授業時間数　週三ないし五時間

ただし受験の際にドイツ語を選択した者は、一、二年で英語の代りにドイツ語が必修となった。また英語選択者も三、四年はドイツ語と両方を学び、英語については三年で週六時間やれば、四年では三時間という按配であった。週三十時間前後の授業の中で、特に一、二年次の英語の時間は極めて多く、さらに数学・地理学・物理学などもほとんど原書による授業が行われたから、英語が不得手な者は他の教科でも大変な苦労を強いられた。漱石の成立学舎以来の友人である太田達人によれば、かの正岡子規も英語を使った数学の授業で難儀した口であったようだ。

数学の教師にえらい厳格な先生があつて、主にその人のお蔭で名士が大分《だいぶ》落第しました。答案を英語で書かせるのは勿論、教室内の説明も英語でさせるんだから敵ひません。正岡子規なぞ黒板《ボード》の前に立たされて、何やらぐづ〳〵云つてゐるが、数学の問題そのものは分つてゐても、英語で説明するんだから、なか〳〵思ふやうにしやべれない。すると忽ち、What, what? Repeat Again! とやられるもんだから、随分弱つてゐました。

（「予備門時代の漱石」）

この後、子規は漱石より一年早く幾何学の成績が悪かったことにより落第しているが、自ら「余が落第したのは幾何学に落第したといふよりも寧ろ英語に落第したといふ方が適当であらう」と語っている。そして、数学の授業で黒板の前に立ち往生したのは漱石も同じであった。漱石は大学予備門入学後、勉強せずに不真面目な友人たちと遊び暮らす毎日を送り、本人が語るには格別得意な科目はなく、とりわけ数学と英語に最も苦しめられた。

みんな揃ひも揃つた馬鹿の腕白で、勉強を軽蔑するのが自己の天職であるかの如くに心得てゐた。下読杯《など》は殆んど遣らずに、一学期から一学期へ辛うじて綱渡りをしてゐた。英語は教場で中《あ》てられた時に、分らない訳を好い加減に付ける丈であつた。数学は出来る迄塗板《ボールド》の前に立つてゐるのを常としてゐた。余の如きは毎々一時間ぶつ通しに立往生をしたものだ。みんなが、代数書を抱へて今日も脚気《かつけ》になるかなど云つては出掛た。

（『満韓ところぐ〵』）

なるほど後の漱石からは想像もできない「不勉強ぶり」ではある。

漱石の成績表

この時期の漱石の英語力を探る上で貴重な資料の一つは、一年（第四級）第一学期（九月～十二月）の成績表、すなわち漱石の大学予備門に入学して最初の成績表である（鎌倉幸光「予備門の生徒試業優劣表」昭和十年版『漱石全集』月報第十号)。当時、大学予備門では学年だけでなく学期ごとの進級条件もあったが、この成績表によれば、次の学期への進級に及第した英語履修生徒の上位二十六人中、漱石は総平均点七三・五点で第二十二位であった。ここで、漱石の各科目ごとの平均点と二十六人中の順位を書き出してみよう(科目の順番は英語の二分野を冒頭にした)。

科目	平均点	順位
釈解	六六・〇	二十二
文法作文	七五・五	二十三
修身学	七七・五	二十
和漢文	五九・〇	二十二
日本歴史	七五・〇	十
支那歴史	六八・〇	十七
和漢作文	七〇・五	五
代数学	七八・九	十三
幾何学	八六・五	五
地文学(地理学の一部)	七三・〇	二十三
体操	七八・一	十三

先の文章からは数学が一番の不得意科目のように読み取れるが、この成績表を見る限り、数学の二分野は得点・席次共にむしろよい方で、英語の方がずっと成績不振である。しかも、漱石の成績はこの一年第一学期を頂点に、さらに下落の一途をたどった。

余の如きは、入学の当時こそ芳賀矢一（後に東京帝国大学教授、漱石と一緒の船でドイツに留学している—筆者注）の隣に坐つてゐたが、試験のあるたんびに下落して、仕舞には土俵際からあまり遠くない所でやつと踏み応へてゐた。（『満韓ところ〴〵』）

そして明治十九（一八八六）年七月、漱石は腹膜炎にかかって試験が受けられなかったという不運もあり、遂に第一高等中学校予科第二級から一級に進級できず落第する羽目になった。なお、明治十九年四月の中学校令に伴い、東京大学予備門は「第一高等中学校」と改称し、あわせて修業年限の変更により予科三級の漱石は二級に在席していたのであった。

残された英作文

漱石の学生時代を語る時、明治十九年七月の落第は常に最大のターニング・ポイントとされる。すなわち、これを境に漱石は心を入れ替えて勉学に精励し、高等中学校卒業まで首席という劇的な変貌を遂げるのである。確かに漱石自身の回想も、この落第がその後の勉学への取り組みにいかに大きな影響を与えたかを詳らかにしている。

だがここでは少し前に戻って、落第以前の「不勉強時代」の漱石の英語力について改めて検証したいと思う。先の成績の順位を見れば、漱石のその頃の英語力が、同級生の中で決して秀でたものでなかったのは明瞭である。しかし、相対評価ではなく、漱石本人の生の英語力はどのレベルにあったのであろうか。それを知る最高にして恐らく唯一の資料は、漱石の書き残した英語による文章であると思う。

漱石の旧蔵書や自筆の各種資料は、第二次世界大戦の戦火を逃れるため小宮豊隆が館長をしていた東北大学図書館に移され、以来「漱石文庫」として現在に至っている。そしてこの漱石文庫には、漱石が第一高等中学校から東京帝国大学までの学生時代に英語で書いた、数多くの作文や翻訳や試験の答案がある。これらの資料は「作家夏目漱石」研究の上では第一級の資料とは言えないが、「英語教師夏目漱石」研究のためには、同じく漱石文庫にある漱石作の英語の試験問題と並んで最重要資料である。そこでここからの漱石の英語力分析は、この資料を元に具体的に行っていきたい。

ここでは漱石の「不勉強時代」を、明治十七（一八八四）年九月の大学予備門入学から明治十九年七月の落第までとする。この時代に漱石が書いたものと日付や内容などから断定できる英文が、書簡の下書きを除いて漱石文庫に五つ存在する。

一、「火事」(A Fire)
内容から明治十八年二月か三月に書いたものとわかる。
二、「中川への手紙」(A Letter to Mr. Nakagawa)
原稿に一八八五年十二月七日と明記されている。
三、「縁日」(An Ennichi)
原稿には 3rd Grade とだけあって日付はない。ただ『漱石全集』の後記にあるように、漱石が 3rd Grade すなわち「三級」にいたのは、明治十八年九月から大学予備門三級が第一高等中学校二級へと変更される明治十九年四月までだから、この間のいずれかの時に書かれたものと考えられる。
四、「扇」(Fans)
書かれた時期は右に同じ。
五、「雛祭り」(The Hinamatsri)
これも書かれた時期は右に同じ。

「縁日」

ここでまず「縁日」(An Ennichi) の全文を挙げてみようと思う。『漱石全集』の英文資料についての編集方針は次の通りである。

一、教師の添削がある場合はそれを翻刻して、漱石の原文を脚注に入れる。
二、添削に初歩的で不注意と思われる綴りの間違いなどがある場合、注記は適宜省略して訂正する。
三、添削者の見逃しや添削者がいない場合の初歩的ミスも、注記することなく訂正する。

本章では漱石の英語力を判定するという趣旨から、一に関しては漱石の原文を引用した。

「縁日」に書かれたShioharaは漱石の養子先の姓であり、添削者は八行目のbyをwith九行目のByをAlongに訂正しているだけで九十点という評点をつけている。この評点は常識的にはよい方であろうが、平均以上なのかどうかは定かでない。だが評点よりもこの英作文そのものに、私は率直に驚きを禁じ得なかった。というのも、これは漱石が十八歳から十九歳の時に書かれたものであるが、「縁日」という極めて日本的な、ゆえに英訳しづらいテーマに対してこれだけの英文が書けるのは、現在の同年代の学生にもわずかしかいないからである。例えば、書き出しのdedicated to godsという表現が日本人の普通の大学生にはまずできない。また添削された二か所以外に、誤りがほとんどないのも見事である。ただし、二行目のin the monthはof the monthであろうし、また六行目のinstantはday七行目のat night to itはto it at night八～九行目のhardly madeはcould hardly makeがよいと思う。

An Ennichi

In Tokyo, there are so many temples, dedicated to gods, that almost every day in the month is a festival day, held in memory of one of those gods. Near my house, there is a small temple dedicated to Inari. Though the temple is not magnificent, the festival is very popular. It is called Goto-Inari. The 5th instant was a festival day and I went at night to it. On that night the weather was very clear and the street was so crowded by people that I hardly made my way through them. By the road, market gardeners arranged their plants to sell them. I bought a plant from a market-gardener and returned home at 9 o'clock.

3rd Grade B
K. Shiohara

（訳文）
「東京には神々を祀った神社が数多くあって、ひと月のうちでほとんど毎日が、これらの神々の誰かに因んで行われる祭りの日になっている。私の家の近くに、お稲荷さんを祀った小さな社がある。この社は立派ではないが、ここの祭りはたいへん人気がある。これは、五十《ごとう》稲荷の名で知られる。今月5日は祭りの日だったので、私は夜行ってみた。その晩は、天気がよく、道は人通りでごった返していたので、進むことができないくらいだった。道沿いに夜店の植木屋が植木を並べて売っていた。私は夜店の植木屋から植木をひとつ買って、午後9時に帰宅した。

3級B組
塩原金之助」
（『漱石全集』山内久明訳）

現役東大生の英作文

　ところで私は今回、漱石の英作文の今日的な水準をより正確に知るため、当時の漱石とほぼ同年齢で、しかも優れた英語力を持つ二人の現役東大生に、同程度の字数で「縁日」というタイトルの英作文を書いてもらった。まずここで二人のプロフィールを紹介しよう。

三浦清志君（東京大学教養学部二年生）

三浦君は日本人の父とアメリカ人の母を持つ日本育ちの青年で、高校一年次に英検（実用英語技能検定試験）の一級を取得し、また高校二年次には、全国的な高校生英語スピーチコンテストで優勝した。その英語力は間違いなく東大生の中でも最高レベルである。

川口暁さん（東京大学文学部言語学科三年生）

川口さんは日本生れの日本育ちで、英語は中学一年から始めて高校三年次に英検準一級を取得し、大学受験の模擬テストでも常に成績優秀者に名を連ねた。現在の英語力は、ＴＯＥＩＣのスコアーが九四〇点という素晴らしいものである。

　それでは早速この二人の英作文を見てみよう（左頁）。なお本人が書いた原文のままなので、文法的な誤りなどを含んでいることをお断りしておく。

Ennichi（三浦君作）

Ennichi is a kind of festival : a place of noise, crowds, and happiness, a time for memories, and candy apples. Temples and shrines have their Ennichi on each of their special anniversaries but the Ennichi has always been special for children and the child in us. Anybody can remember holding somebody's hand just gazing at the red and white lanterns, or having a bite of cotton candy while walking along the different shops. In our daily lives we tend to meet routine after routine after routine. Of course, this is what makes life possible, what builds up our society. But every once in a while we do need a bit of spice, a bit of magic. Ennichi is something that always reminds us of this.

Ennichi（川口さん作）

Ennichi is a kind of festival. It is traditionally held by a temple or by a shrine on a certain day every month. Each temple and shrine has its own fixed day for ennichi. The purpose of ennichi is in a shrine to praise the god enshrined, and in a temple to let people remember their ancestors buried there. Because a lot of people gather on an ennichi day, some thought of earning money from them. Nowadays we can see a lot of vending booths along a main street which leads to the main area of a temple or a shrine. These days people go out on an ennichi day to enjoy looking at or buying things from the booths rather than to worship.

三人の比較

三浦君と川口さんが偶然にも冒頭で、Ennichi is a kind of festival. と縁日の「定義」をしているのがおもしろい。漱石の時代には誰もが知っていた縁日が、現代では説明を要する行事になったということであろう。三人の英作文を比較すると、語法・文法上の顕著な誤りの数は、漱石―6、三浦―3、川口―3であった。一見、漱石が劣るように思われるが、これだけで三人の文法力の優劣を計ることはもちろんできない。

そこで、できるだけ同じ条件で比較するために、今度は漱石の書いた英作文を和訳したものを三浦・川口両君に英訳してもらった。そして、漱石の間違えた部分について三者を比較したのが左頁のデータである（最初に示したのが漱石訳を添削した模範例）。

言うまでもなく、自分で英文を考えるのと、与えられた日本文に相当する英文を書くのは条件が異なる。前者の方が文法的なミスが多くなりそうだが、一概にそうとは言えない。文法的に不安のない文章を選んで書けるからである。その点では、後者は与えられた日本語を訳すという制約があり、むしろ厳しい。こうした点も考慮しつつ左の六か所の記述を見れば、特に三と六などから、漱石は三浦・川口両君と比べて、ここでは文法力に関して劣っていることがわかる。

次に三人のオリジナルの英作文について、内容・論理展開・表現力を含めた総合的な順位を、日本人の学生・生徒に教えた経験の長い五人のネイティブ・スピーカーにつけてもらった。結果は次の通りである。

1．every day of the month

（漱石訳） every day in the month
（三浦訳） every day of the month
（川口訳） every day in a month

2．The 5th day

（漱石訳） The 5th instant
（三浦訳） The fifth of this month
（川口訳） The fifth of this month

3．went to it at night

（漱石訳） went at night to it
（三浦訳） went to the shrine at night
（川口訳） went there at night

4．the street was so crowded with people

（漱石訳） the street was so crowded by people
（三浦訳） the road was very crowded, almost too crowded
（川口訳） there were so many people on the street

5．I could hardly make my way

（漱石訳） I hardly made my way
（三浦訳） we couldn't move
（川口訳） I could hardly go forward

6．Along the road

（漱石訳） By the road
（三浦訳） Along the road
（川口訳） Along the street

漱石　一位—一人、二位—一人、三位—三人
三浦　一位—三人、二位—二人、三位—〇人
川口　一位—一人、二位—二人、三位—二人

これらによれば、漱石の英作文の力は「縁日」を見る限り、現在のトップレベルの東大生よりやや劣るものの、大変な実力であったと言えよう。

恐るべき英語力

さらに「扇」(Fans) について三人の英作文を比較してみたい。こちらは漱石の英文だけ掲げる。(左頁)

前述のように、漱石が「縁日」と「扇」を書いた正確な日付は不明である。しかし、語彙や表現力などあらゆる面で後者はレベルアップしており、にもかかわらず評点が八十二点と下がっていることも考えると、後者の方が後から書かれた可能性が高いと思う。いずれにせよ、「縁日」よりさらに英語にするのが困難な「扇」を、漱石は高い水準の文章で説明している。

ネイティブ・スピーカーによれば、漱石の英作文は「扇について、辞書かテキストの説明にふさわしいような、詳細かつ平易な文章」であるとのこと。文法的ミスも、添削者の直した二か所

Fans

Fans are used to create an artificial current of air, on a hot summer day. They are made of thin and slender ribs of bamboo, upper half of them being covered with paper. There are two kinds of fans, one is called the shut and the other the open fan. The former is always carried abroad, for it is opened and folded up with equal facility. The latter is generally used in the house; but, when we stroll about, on a hot summer evening, we take, sometimes, an open fan. Some of the shut fans, are smaller in size and more elegantly painted than the usual one. These are for ladies' use and they are of very high prices. Sometimes, the ribs are made of iron and the fencer in the feudal ages, carried this heavy and large fan. Both open and shut fans are exported to foreign countries every year. The province of Owari is noted for producing very beautiful and elegant fans.

3rd Grade B
K. Shiohara

(訳文)
「扇は、暑い夏の日に人工的な風を起すのに使われる。薄くて細い竹の骨で出来ていてその上部には紙が貼られている。扇には、扇子《せんす》と団扇《うちわ》の２種類がある。扇子は開くのも閉じるのも同じように簡単なのでいつも持ち歩き用に使われる。団扇はふつう家の中で用いられるが、暑い夏の宵に散歩するときなどは手にすることもある。ふつう使われるものより小ぶりでより繊細な彩色をほどこされた扇子は婦人用で、とても高価なものだ。骨が鉄で出来た鉄扇は重くて大きいもので、封建時代に剣士が持ち歩いた。扇子も団扇も毎年外国に輸出されている。尾張地方は美しく優雅な扇の産地として知られる。

３級Ｂ組
塩原金之助」

(『漱石全集』山内久明訳)

（未掲載）以外は、十一行目の one が ones 十一〜二行目の of very high prices が very highly priced 十四行目の open の前に the が入る、くらいの細かいものである。

それに対して三浦・川口両君の英作文（未掲載）は、さすがに上手ではあるが、「縁日」に比べると題材が書きにくかったせいか文法的な誤りがかなり目立った。注目すべきは、今回は漱石の作文がミスの数が一番少なかったということである。そして再びネイティブに順位をつけてもらった。

漱石　一位―三人　二位―二人　三位―〇人
三浦　一位―一人　二位―一人　三位―三人
川口　一位―一人　二位―二人　三位―二人

なんとこの英作文については、漱石は英検一級レベルの三浦・川口両君を凌いでいる。以上二つの英作文を調べた結果から、この段階での漱石の英作文能力が、既に現在の同年代の大学生と比較しても最上位のレベルにあったことは疑うべくもない。そして、日本でずっと英語を学んできた学生で作文力が高い者は、まず例外なく読解力も高いから（帰国子女は必ずしもそうは言えない。また逆は真ならずで、読解力が高くても作文力が低い者は大勢いる）、当時の漱石の英語読解力と作文力をもってすれば、今日の大学入試でも最難関校の問題を難なく解けたに相違ない。

ここで私たちが驚くべきは漱石の英語力の急激な向上であろう。

明治十六年　秋　（十六歳）　成立学舎入学時　　　現在の中学二年生レベル以下
明治十七年九月（十七歳）　大学予備門入学時　現在の高校一年生レベル以上
明治十九年　春　（十九歳）　落第直前　　　　　最難関大学入試合格レベル以上

これを英検にあてはめてみると、英語の「読み」「書き」の分野では、漱石はわずか二年半の間に四級レベル（中学二年修了程度）から一級レベルに学力を向上させたことになる。これが奇跡と呼んでも過言でないことは、英検を受験した経験のある人なら誰でも賛成してくれると思う。さらに忘れてならないのは、これだけの英語力を持っていた漱石が、英語が原因で落第したのではないにせよ、その席次は決してよくなかったという事実である。これは当時、大学で学ぶことを志した学生一般の英語読解力と作文力が極めて高かったことを端的に物語っている。

太宰治の英作文

ところで興味深いことに、ここで見てきた英作文を漱石が書いたのと、ほぼ同年齢の太宰治による英作文がいくつか残されている。これらは昭和二年、弘前高等学校文科甲類の一年生だった太宰が、外国人教師による英語の授業中に書いたものである。クラスには英語の成績が太宰より上の者は二、三人いたが、英作文に関しては太宰の右に出る者はおらず、優れた答案として教師が真っ先に生徒の前で読み上げたのは、いつも太宰の作文であったという（『太宰治全集』筑摩書房、相馬正一解題）。

その太宰の英作文に、日本的な題材という意味において「縁日」や「扇」と共通した「着物」(KIMONO) なるタイトルのものがある（左頁）。ここで漱石と太宰の英語力を比較したいところだが、同じタイトルで書いているわけでもないし、今日的な尺度から可能な限り客観的に漱石の英語力を検証する、という本章の趣旨にも合致しないのでそれは避ける。ただ、この「着物」が太宰の英作文の中で英語としては最も稚拙で、担当教員の評価も他は Excellent や Very good の連発なのに Good にすぎなかったことと、にもかかわらず、漱石の作文とは違って既に「物語風」に作られていることを指摘しておきたい。太宰はもうこの年で小説家になることを考えていたが、漱石は小説家になるなど夢にも思っていなかった。それが二人の英作文にもよくあらわれていると思う。

英文学専攻

明治十九（一八八六）年九月、漱石は第一高等中学校予科第二級のままで新学年を迎えた。落第を発奮材料とした漱石の勉学意欲は高く、「第一高等中学校一覧」では、翌二十年一月に予科第二級（英）二之組の首席として挙げられ、以後卒業まで首席を通した。英語についても、それまでは訥弁ゆえにわかっていながら言うことができなかったものを、「何でも思ひ切つて云ふに

KIMONO

Do you know why Japanese costume has two big "SODE"? Perhaps, you do not know. This "Sode" has an interesting story. I will tell it to you. Long long years ago, there was a very very fair woman. She was so tender and fair that many men of that day wrote to her many love-letters. If she took a walk, men flung their letters into her pocket. At last, she had no space to receive their letters on her person. And then that very clever woman made "SODE" in her costume. Is this story not interesting, Sir? All Japanese wish to have love-letters flung to them.

限ると決心して」拙くても構わずどんどんやってみたところ、教室でも積極的になれた。英語に限らず語学の習得に必須の積極性が、落第を契機に身についたということになろう。この頃書かれた漱石の英文にスピーチ原稿、すなわち人前で発表することを意図したものが複数存在するのも、これを表していると思う。

こうなると、多くの教科で英語の教科書を使うという環境も、英語の学力増進に大いに貢献するものとなったはずである。漱石文庫の中に、明治二十一年二月二日の日付を持つ物理学の答案が残されているが、英語で書かれた文章が細かく添削され、しかもコメントまで英語で付されている。しかもこれは物理学に限ったことではなかった。

今では、日本人教師が英語以外の高校レベルの各教科について、試験の答案を英語で書かせることはほとんど全く行われていない。明治前半にそれが可能だったのは、教える側も英語で習った経験を持っていたことや、現在のように教科の専門化や細分化が進んでいなかったからである。例えば、明治大正期の三大英学者の一人とされ、漱石も第一高等中学校で教わった可能性のある井上十吉ですら、十一年に及ぶ英国留学から帰ってきた当初は主に数学を教えていた。彼らにとっては、教科書も英文だし、英語で教える方がむしろ容易だったのかもしれない。

さらに漱石の英語力上達に決定的な影響を与えたのは、明治二十一年九月、本科一年の第一部（文科）に進学し、英文学を専攻したことであった。当初第二部（工科）の建築科に進学を予定していた漱石は、級友米山保三郎の「日本でどんなに腕を揮つたつて、セント、ポールズの大寺院のやうな建築を天下後世に残すことは出来ないぢやないか（中略）それよりもまだ文学の方が生

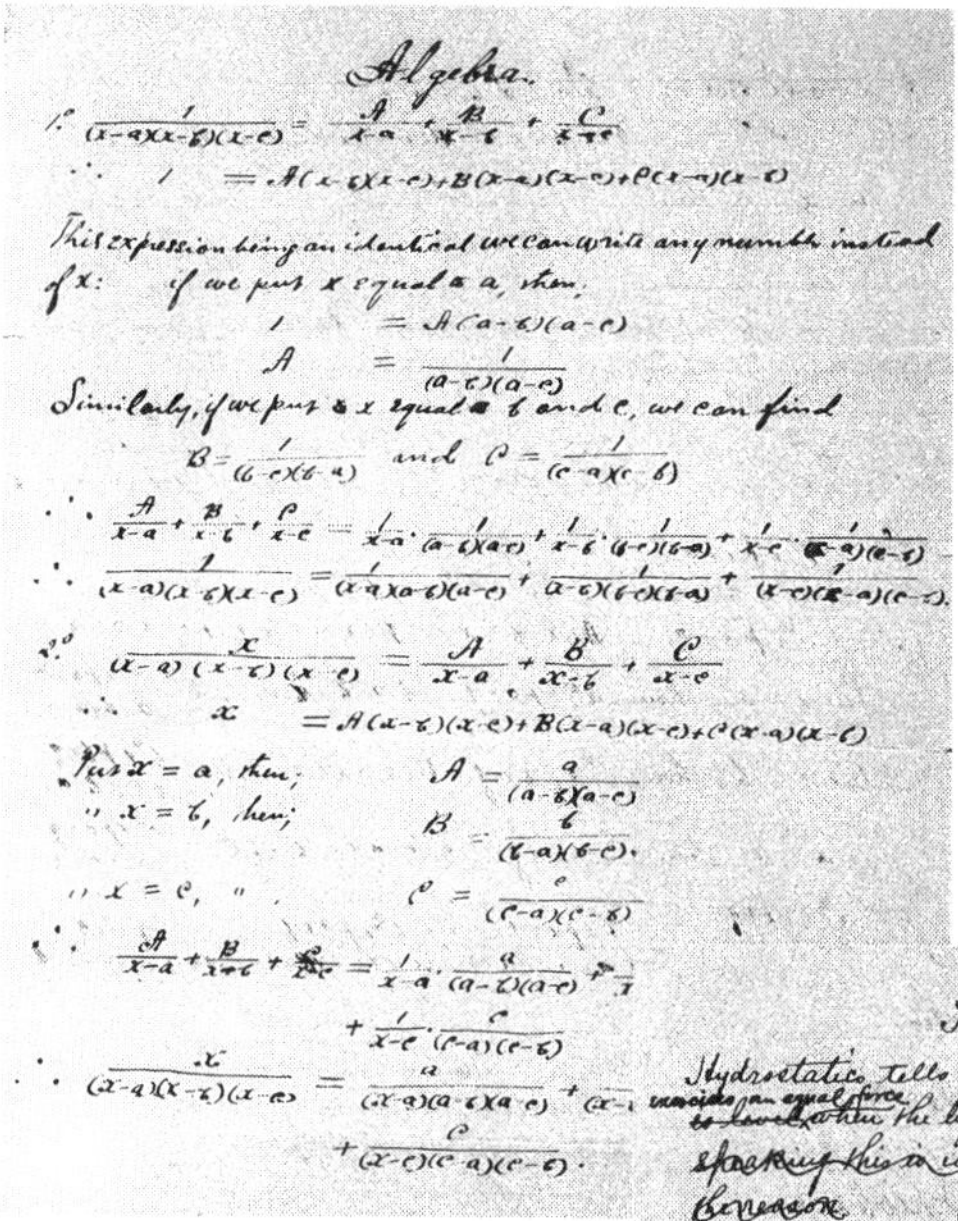

Algebra.

1° $\frac{1}{(x-a)(x-b)(x-c)} = \frac{A}{x-a} + \frac{B}{x-b} + \frac{C}{x-c}$

$\therefore \quad 1 = A(x-b)(x-c)+B(x-a)(x-c)+C(x-a)(x-b)$

This expression being an identical we can write any number instead of x: if we put x equal a, then,

$1 = A(a-b)(a-c)$

$A = \frac{1}{(a-b)(a-c)}$

Similarly, if we put x equal b and c, we can find

$B = \frac{1}{(b-c)(b-a)}$ and $C = \frac{1}{(c-a)(c-b)}$

$\therefore \frac{A}{x-a} + \frac{B}{x-b} + \frac{C}{x-c} = \frac{1}{x-a}\cdot\frac{1}{(a-b)(a-c)} + \frac{1}{x-b}\cdot\frac{1}{(b-c)(b-a)} + \frac{1}{x-c}\cdot\frac{1}{(c-a)(c-b)}$

$\therefore \frac{1}{(x-a)(x-b)(x-c)} = \frac{1}{(x-a)(a-b)(a-c)} + \frac{1}{(x-b)(b-c)(b-a)} + \frac{1}{(x-c)(c-a)(c-b)}.$

2° $\frac{x}{(x-a)(x-b)(x-c)} = \frac{A}{x-a} + \frac{B}{x-b} + \frac{C}{x-c}$

$\therefore \quad x = A(x-b)(x-c)+B(x-a)(x-c)+C(x-a)(x-b)$

Put $x = a$, then; $A = \frac{a}{(a-b)(a-c)}$

" $x = b$, then; $B = \frac{b}{(b-a)(b-c)}$.

" $x = c$, " $C = \frac{c}{(c-a)(c-b)}$

$\therefore \frac{A}{x-a} + \frac{B}{x-b} + \frac{C}{x-c} = \frac{1}{x-a}\cdot\frac{a}{(a-b)(a-c)} + \frac{1}{x-b}\cdot\frac{b}{(b-a)(b-c)} + \frac{1}{x-c}\cdot\frac{c}{(c-a)(c-b)}$

$\therefore \frac{x}{(x-a)(x-b)(x-c)} = \frac{a}{(x-a)(a-b)(a-c)} + \frac{b}{(x-b)(b-a)(b-c)} + \frac{c}{(x-c)(c-a)(c-b)}.$

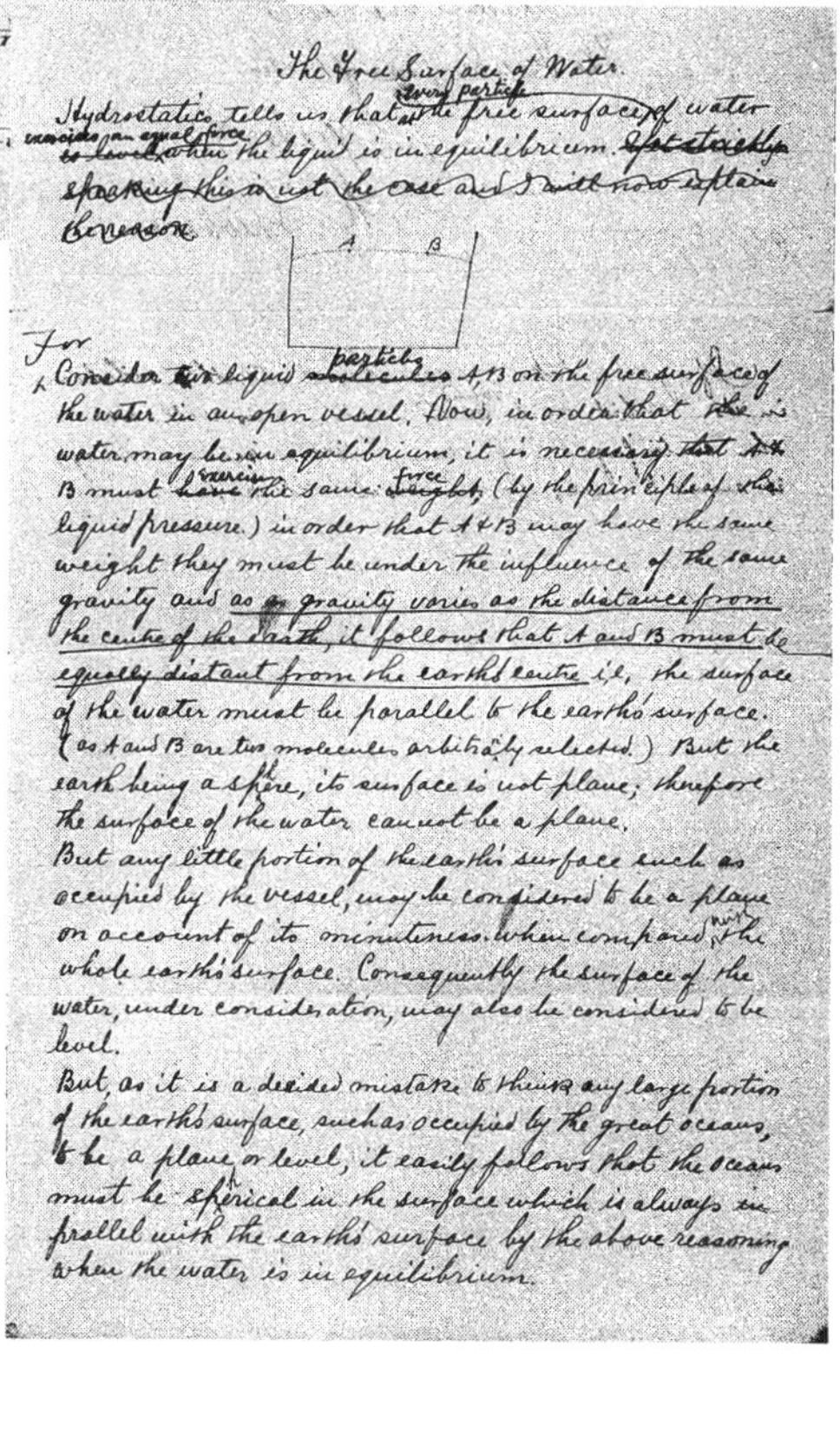

The Free Surface of Water

Hydrostatics tells us that every particle of the free surface of water ~~is level~~ exercises an equal force when the liquid is in equilibrium. ~~But strictly speaking this is not the case and I will now explain the reason.~~

For Consider two liquid particles A B on the free surface of the water in an open vessel. Now, in order that the water may be in equilibrium, it is necessary that A & B must exercise the same force (by the principle of the liquid pressure.) in order that A & B may have the same weight they must be under the influence of the same gravity and as gravity varies as the distance from the centre of the earth, it follows that A and B must be equally distant from the earth's centre i.e. the surface of the water must be parallel to the earth's surface. (as A and B are two molecules arbitrarily selected.) But the earth being a sphere, its surface is not plane; therefore the surface of the water cannot be a plane.

But any little portion of the earth's surface such as occupied by the vessel, may be considered to be a plane on account of its minuteness when compared with the whole earth's surface. Consequently the surface of the water, under consideration, may also be considered to be level.

But, as it is a decided mistake to think any large portion of the earth's surface, such as occupied by the great oceans, to be a plane or level, it easily follows that the oceans must be spherical in the surface which is always in parallel with the earth's surface by the above reasoning when the water is in equilibrium.

漱石の代数学(上)と
物理学(右)の答案

命がある」という言葉に触発され、文学者になるべく方向転換したのである。もっとも英文学を選択したのは、「国文や漢文なら別に研究する必要もない」と考えたからであり、「英文学を研究して英文で大文学を書かう」くらいの漠然とした志望にすぎなかった。英語教師などという具体的な職業は、もちろんまだ特に念頭になかったのである。

ただ何にせよ、英文学を志すのに英語力が必須なのは言うまでもなく、漱石は本人自身が「余は比較的熱心な英語の研究者であつた」と回想しているように、一層英語の学習に力を注いだようだ。明治二十二年二月五日の第一高等中学校英語会で、漱石は「兄の死」(The Death of my Brother)というタイトルでスピーチをしているが、漱石文庫に残されたその原稿を見ると、「縁日」や「扇」の時代からまた一段とレベルアップしていることがわかる。そしてここでもう一つ、漱石は英語力に磨きをかける上で大きな幸運に恵まれた。J・マードック(James Murdock)との出会いである。

マードック

マードックが第一高等中学校の教師になったのは、漱石が同校の最終学年である本科二年に進級した明治二十二年九月であった。漱石によると、まず学生は彼の英語に面食らった。

余等の教授を受ける頃は、まだ日本化しない純然たる蘇国語を使つて講義やら説明やら談話やらを見境なく遣られた。それが為め同級生は悉《ことごと》く辟易《へきえき》の体で、たゞ烟に捲かれるのを生徒の分と心得てゐた。

（「博士問題とマードック先生と余」明治四十四年）

「蘇国語」とはスコットランド語のことであり、平川祐弘の『漱石の師マードック先生』（講談社学術文庫）によれば、マードックのスコットランド訛の英語はイギリス人でも聞き取りにくかったという。従って、漱石が「先生の使ふ言葉からが余自身の英語とは頗る縁の遠いものであった」と述べているのもやむを得ないことだった。にもかかわらず、漱石は「分らないながらも出来得る限りの耳と頭を整理して先生の前へ出た」し、「時には先生の家迄も出掛けた」のである。この努力の甲斐もあってか、当時の漱石のリーディングは流暢かつ正確で、会話もクラス一であった（金子健二『人間漱石』協同出版）。

漱石がマードックにいかに傾倒していたかは、次の文章からよくうかがえる。

あるとき何《ど》んな英語の本を読んだら宜《よ》からうと云ふ余の問に応じて、先生は早速手近にある紙片《かみぎれ》に、十種程の書目を認めて余に与へられた。余は時を移さずその内の或物を読んだ。（中略）どうしても眼に触れなかつたものは、倫敦へ行つたとき買つて読んだ。先生の書いて呉れた紙片が、余の袂《たもと》に落ちてから約十年の後に余は始めて先生の挙げた凡てを読む事が出来たのである。

（「博士問題とマードック先生と余」）

またマードックも、首席で英語能力も高い漱石に好意的に接してくれた。わずか一年ながら、そうした先生の英語と歴史の授業を週五、六時間受けることができたのは、漱石にとって大変幸せなことであったと思う。マードックの英語教授の中で興味深いのは、生徒に様々な題材で翻訳をさせたことで、その中には日本の歴史を題材にしたものもあった。恐らく生徒自身が個々に選んだと思われるが、漱石は明治二十三年一月十三日に「屋島の合戦」(Battle of Yashima)、同年五月七日に「正成と正行の別れ」(The Parting of Masashige and Masatsura)を書いている。

漱石の翻訳の中では、後述の「方丈記」があまりにも有名で、逆に言うと他のものは最新の『漱石全集』にも一つも掲載されていない。だが、あの「方丈記」の素晴らしい訳は突然できたものではなく、ちゃんと「屋島の合戦」や「正成と正行の別れ」で、日本的な文章の翻訳もトレーニングした経験があったのだ。また漱石はこれ以前にも、あの「シンデレラ」(The Story of Cinderella)の部分的な翻訳で九点(十点満点と思われる)を取っている。個人的には「屋島の合戦」はともかく、漱石訳の「シンデレラ」くらいは全集に掲載してもらいたいと思うのだが。

明治二十三年六月、第一高等中学校の卒業を目の前にした漱石は、マードックの指示で「十六世紀の日本と英国」(Japan and England in the Sixteenth Century)を書き上げ、そのあとがきの部分が英語雑誌『みゆーぜあむ』第三号に掲載された。この大部の論文の全ページに亘り、マードックは細かい添削と批評を施しており、その添削の内容を見ると冠詞と前置詞の挿入及び訂正が顕著である。文章全体の英語はもちろん見事なものであるが、この二つはやはり日本人にとって、どんなに高い学力を身につけていても難しいものだということがわかっておもしろい。

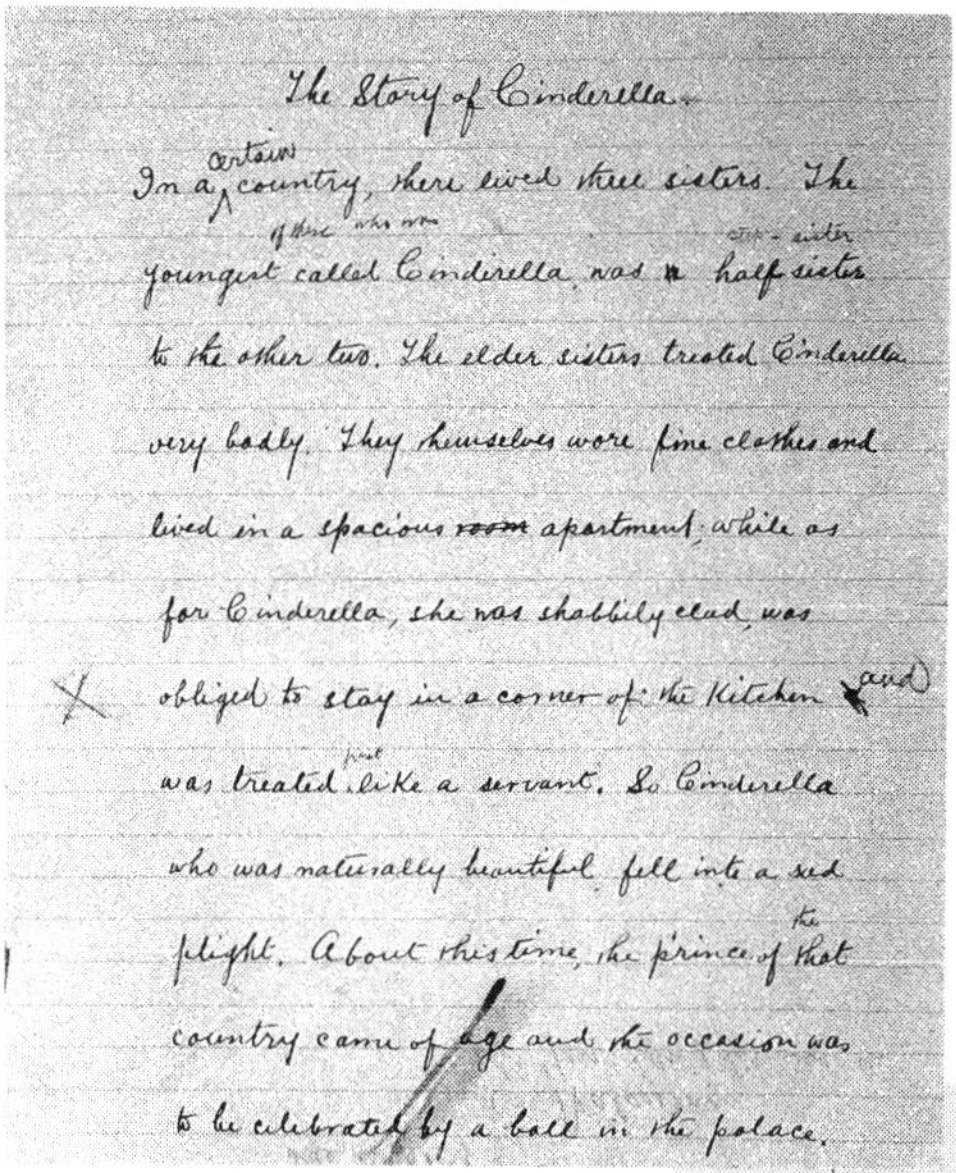

The Story of Cinderella.

In a certain country, there lived three sisters. The youngest of these who was called Cinderella was step-sister to the other two. The elder sisters treated Cinderella very badly. They themselves wore fine clothes and lived in a spacious ~~room~~ apartment; while as for Cinderella, she was shabbily clad, was obliged to stay in a corner of the kitchen and was treated just like a servant. So Cinderella who was naturally beautiful fell into a sad plight. About this time, the prince of the country came of age and the occasion was to be celebrated by a ball in the palace.

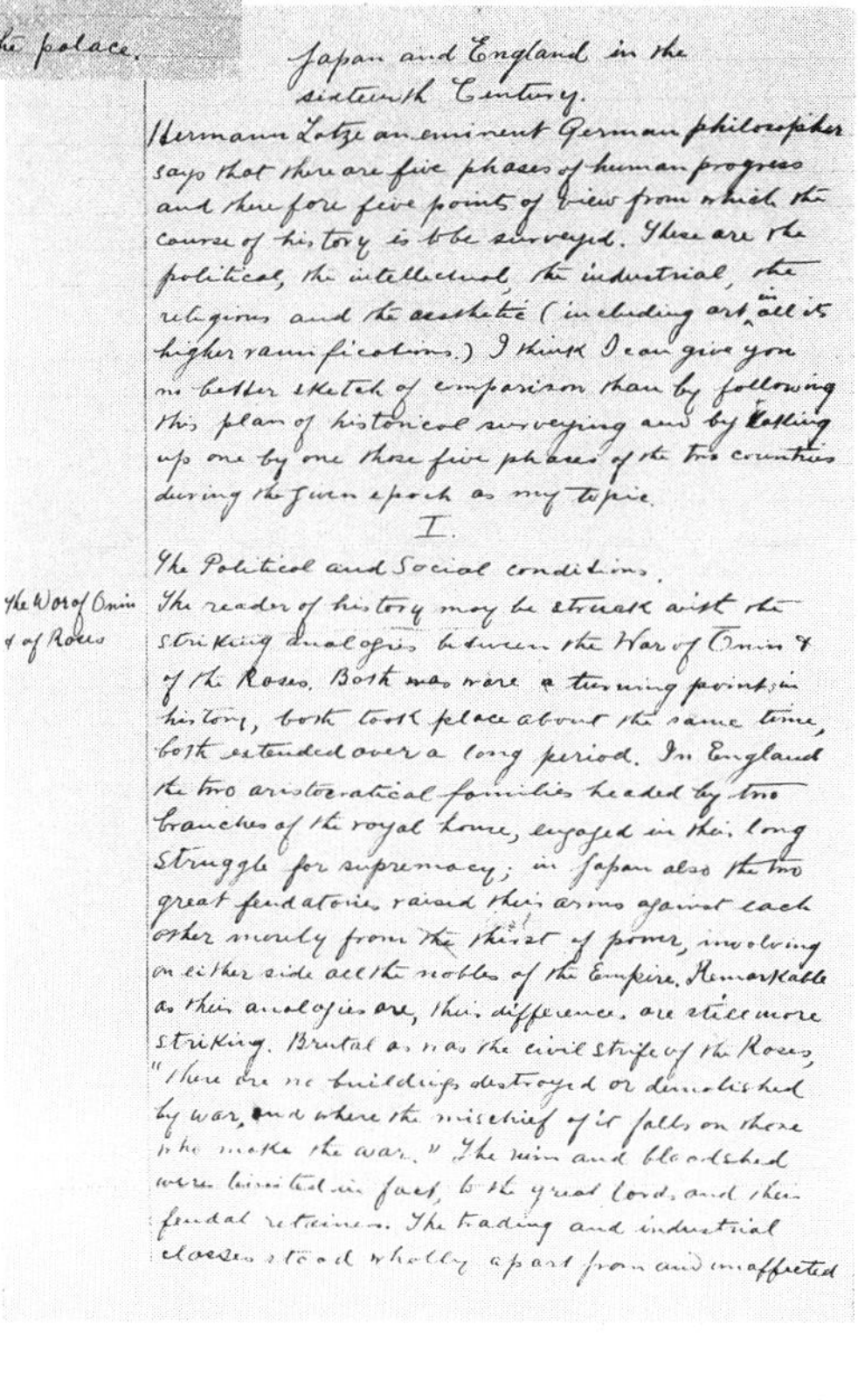

Japan and England in the sixteenth Century.

Hermann Lotze an eminent German philosopher says that there are five phases of human progress and therefore five points of view from which the course of history is to be surveyed. These are the political, the intellectual, the industrial, the religious and the aesthetic (including art in all its higher ramifications.) I think I can give you no better sketch of comparison than by following this plan of historical surveying and by taking up one by one those five phases of the two countries during the given epoch as my topic.

I.

The Political and Social conditions.

The War of Onin & of Roses

The reader of history may be struck with the striking analogies between the War of Onin & of the Roses. Both wars were a turning point in history, both took place about the same time, both extended over a long period. In England the two aristocratical families headed by two branches of the royal house, engaged in their long struggle for supremacy; in Japan also the two great feudatories raised their arms against each other mostly from the thirst of power, involving on either side all the nobles of the Empire. Remarkable as their analogies are, their differences are still more striking. Brutal as was the civil strife of the Roses, "there are no buildings destroyed or demolished by war, and where the mischief of it falls on those who make the war." The ruin and bloodshed were limited, in fact, to the great lords and their feudal retainers. The trading and industrial classes stood wholly apart from and unaffected

漱石の英文
「シンデレラ」（上）
「十六世紀の日本と英国」（右）

大学入学以後、漱石はマードックと全く音信不通であったらしい。だがマードックのことを忘れたわけではなく、留学から帰国後、彼が鹿児島の第七高等学校の教師をしていることを知ると、鹿児島の人と会うたびにその近況を尋ねた。特に教え子の野間真綱が同じ第七高等学校に着任すると、漱石は「マードックさんは僕の先生だ。(中略)英国人もあんな人許《ばかり》だと結構だ」(明治四十一年六月十四日付書簡)と好意的に書いている。

さらに漱石は、マードックが博士号辞退問題の折に二十年振りに手紙を送ってくると、その返礼も兼ねて、彼の労作『日本歴史』(A History of Japan)を朝日新聞で「マードック先生の日本歴史」と題して紹介・推奨した。恐らく漱石はそれから死ぬまでに、一度もマードックに会わなかったであろう。しかし、彼こそはまぎれもなく漱石のかけがえのない恩師であった。

ディクソン

明治二十三(一八九〇)年九月、漱石は帝国大学文科大学英文学科にただ一人入学した。明治二十年にできたばかりの英文学科は、先輩が二年上にこれもわずか一人しかいなかった。しかも他学科を合わせても同期生は十余人、文科大学全体でも学生総数は三十人内外という今では信じられない規模である。

文科大学に二年早く入学した藤代素人(後のドイツ文学者、漱石と留学時代を共にした)によると、漱石の入学に際して「今度英文科の新入者は大分英語に堪能で、〇〇先生とは英語でばかり話してる相だと云ふ評判」であった。そして藤代は、すぐにこの評判を裏書きするような事実に遭遇することになる。

其頃歴史の先生でリースと云ふ独逸人があつた。此先生の英語には大抵の学生が参つて仕舞つたので、一同分り悪《にく》い下手な英語と極めたのであるが、夏目君はリースの英語は独逸人としては余程宜い方だと云つた。

（「夏目君の片鱗」）

藤代はこの漱石の言葉に思い当たることがあった。と言うのは、別のドイツ人に以前リースの発音がわかりにくくて困ると訴えたところ、彼は日本に来る前に二度も英国へ留学しているから英語は確かだ、と反論されたことがあったからである。そこで、漱石の話を聞いた藤代は「我々の耳が至らないのだと悟つた」という。このように漱石は文科大学入学時において、既に会話力の面でも、先輩も含め俊英揃いの当時の学生の中で一頭地を抜いていたのである。

文科大学で漱石が聴講したとされる講義は次の通りである（『増補改訂漱石研究年表』による）。

一、英語・英文学　J・ディクソン
二、ドイツ語　K・フローレンツ
三、ラテン語　神田乃武《ないぶ》
四、史学　L・リース

五、日本歴史・日本古代法制・国文　小中村清矩《きよのり》
六、哲学　L・ブッセ
七、東洋哲学　井上哲次郎
八、教育学　野尻精一
九、心理学・精神物理学　元良《もとら》勇次郎

この中で最も重要な講義は、もちろん英文学科主任教授J・ディクソン（James Dixon）による英語及び英文学であった。マードックと同じくスコットランド出身のディクソンは、英語教育の面では日本滞在中に立派な業績を残した人で、戦前の英語学界の大御所であった斎藤秀三郎や岡倉由三郎《よしさぶろう》も彼の弟子である。

さらに評価すべきは著作で、ディクソンは日本人のための『熟語表現集』(Dictionary of Idiomatic English Phrases) や『英作文集』(English Composition) を刊行した。漱石もディクソンの本を熟読しており、漱石文庫にあるこれらの本には大量の書き込みがなされている。また後年、英語教師となった折に、生徒にも『英作文集』を読むように繰り返し強調した。

ディクソンもまた、英文学科ただ一人の新入生で、しかも英語に秀でた漱石に目をかけていた点ではマードックにも劣らなかった。英語の講義は他の学科の学生と合同であったが、英文学の方は同期の学生がおらず、一対一のいわゆる個別指導が中心だったから、ディクソンは大学だけでなく自宅にも漱石を呼んで講義を行っている。また『増補版 漱石と英国—留学体験と創作の間

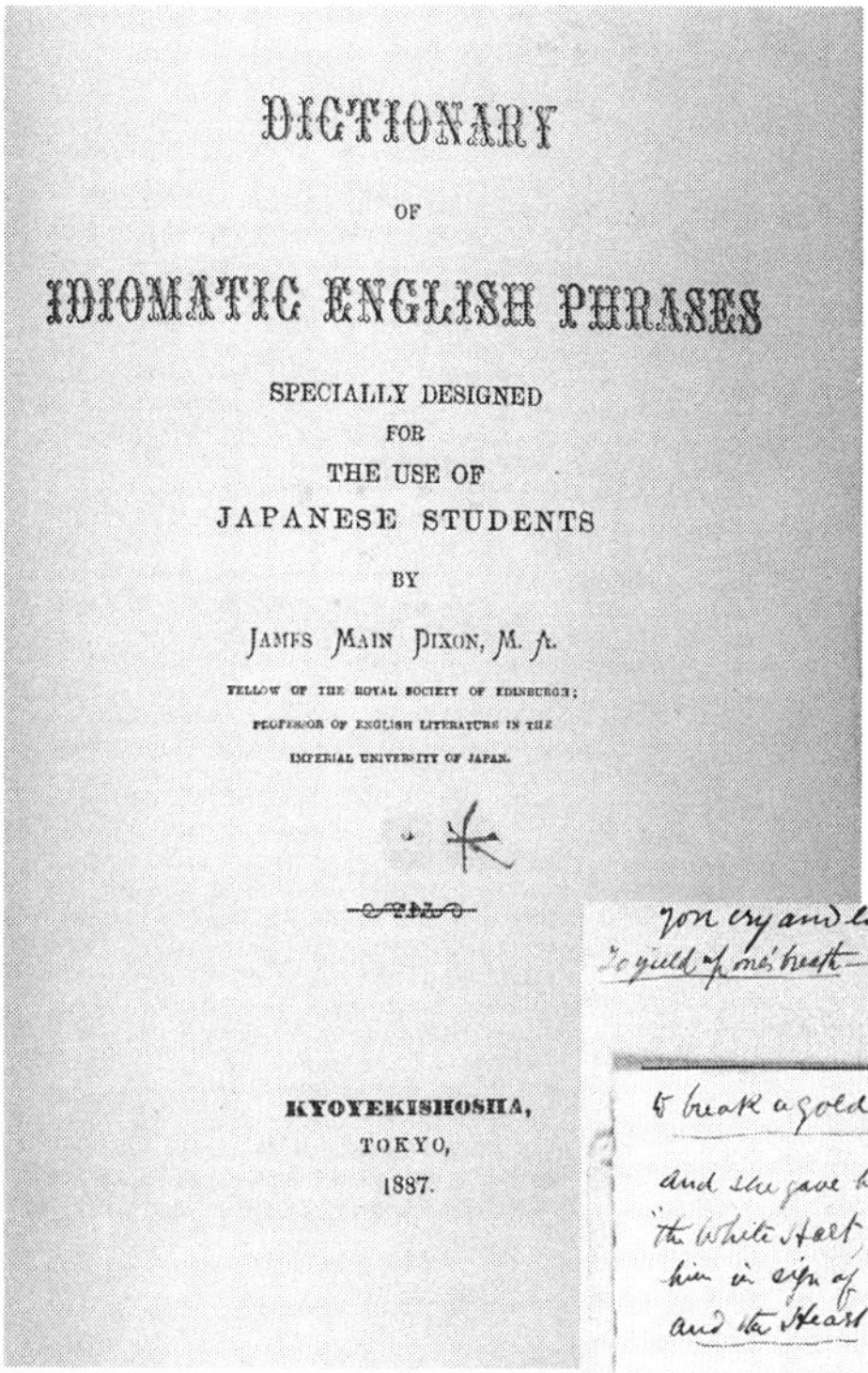

DICTIONARY

OF

IDIOMATIC ENGLISH PHRASES

SPECIALLY DESIGNED

FOR

THE USE OF

JAPANESE STUDENTS

BY

JAMES MAIN DIXON, M. A.

FELLOW OF THE ROYAL SOCIETY OF EDINBURGH;

PROFESSOR OF ENGLISH LITERATURE IN THE

IMPERIAL UNIVERSITY OF JAPAN.

KYOYEKISHOSHA,

TOKYO,

1887.

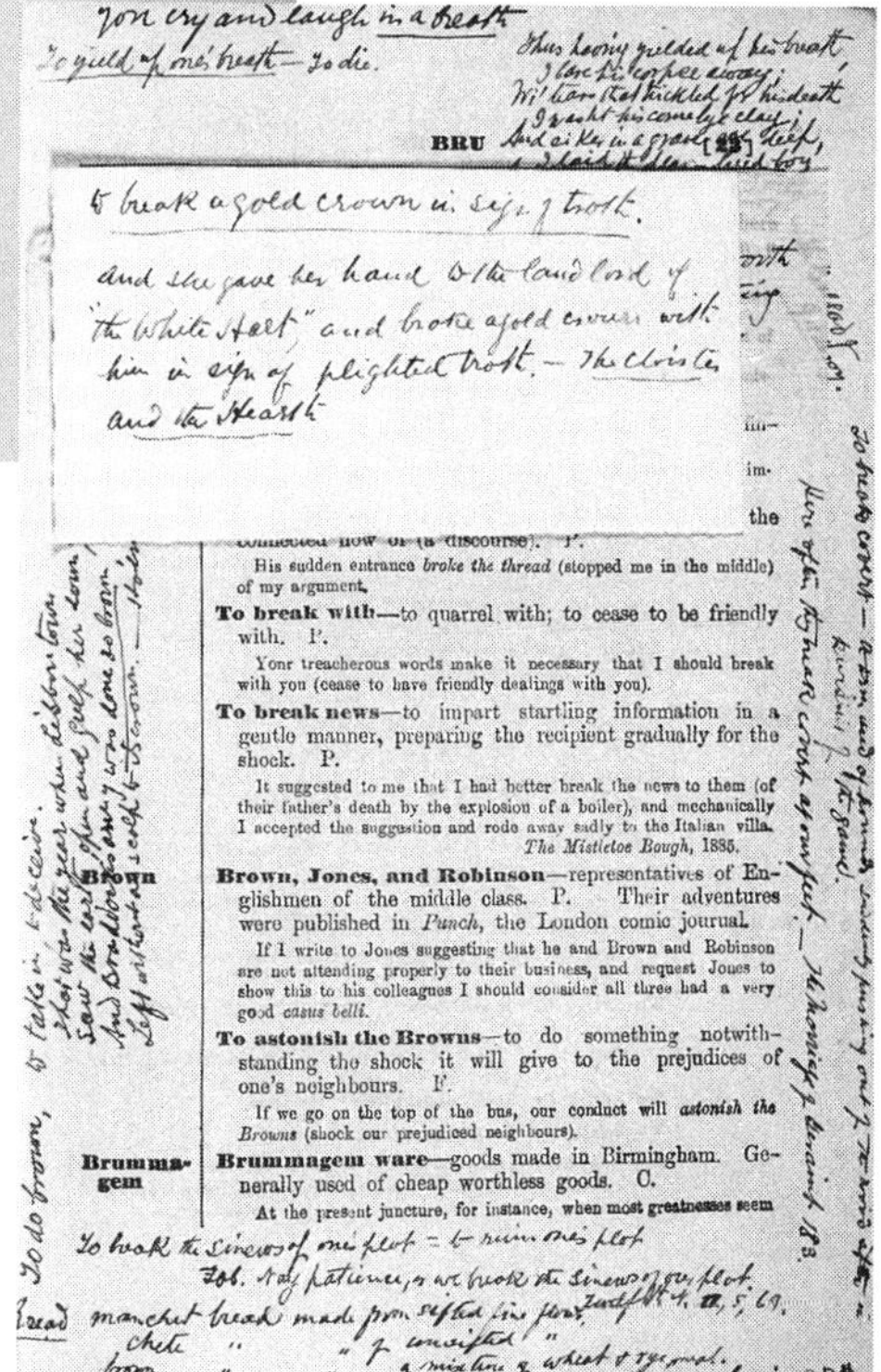

You cry and laugh in a breath

To yield up one's breath — to die.

BRU

to break a gold crown in sign of troth.

and she gave her hand to the landlord of "the White Hart," and broke a gold crown with him in sign of plighted troth. — The Cloister and the Hearth

connected flow of (a discourse). P.

His sudden entrance broke the thread (stopped me in the middle) of my argument.

To break with—to quarrel with; to cease to be friendly with. P.

Your treacherous words make it necessary that I should break with you (cease to have friendly dealings with you).

To break news—to impart startling information in a gentle manner, preparing the recipient gradually for the shock. P.

It suggested to me that I had better break the news to them (of their father's death by the explosion of a boiler), and mechanically I accepted the suggestion and rode away sadly to the Italian villa. *The Mistletoe Bough*, 1885.

Brown **Brown, Jones, and Robinson**—representatives of Englishmen of the middle class. P. Their adventures were published in *Punch*, the London comic journal.

If I write to Jones suggesting that he and Brown and Robinson are not attending properly to their business, and request Jones to show this to his colleagues I should consider all three had a very good *casus belli*.

To astonish the Browns—to do something notwithstanding the shock it will give to the prejudices of one's neighbours. F.

If we go on the top of the bus, our conduct will *astonish the Browns* (shock our prejudiced neighbours).

Brummagem **Brummagem ware**—goods made in Birmingham. Generally used of cheap worthless goods. C.

At the present juncture, for instance, when most greatnesses seem

To break the sinews of one's plot = to ruin one's plot

Job. Nay patience, or we break the sinews of our plot.

漱石の書き込みのある

『熟語表現集』

―』（塚本利明、彩流社）に収められた、離日にあたってのディクソンから漱石への手紙（明治二十五年五月二十三日付）を読むと、彼が漱石に親愛の念を抱いていたことがよくわかる。

そうした師の期待に十分応えるほど、漱石は大学でも実によく英語の勉強に励んでいた。例えば、漱石は学生時代、英語の本から名文句を抜き書きして、牛込の自宅から大学に通う往復の途中で一日も欠かさず暗唱に努めた。また大学で親交のあった松本文三郎は、漱石は在学中暇があると図書館にいて、読む本が漢籍であろうと何であろうと、必ずウェブスター大辞典も借りて座右に置いていたと語っている（「漱石の思ひ出」）。

英文学への不安

漱石の不断の努力は学業成績にも反映された。英文学科の後輩山県五十雄は語る。

Dixon 教授は採点に頗る厳重で、英文の答案に綴字の誤りがあつたり文法の誤りがあつたりすると、それで一々点に数へて引去るので、及第点を取るだけでも容易な事でなかつたが、夏目君はいつも八十九十といふ高点を取つた。（「夏目漱石君を悼む」）

ディクソンが試験の時ばかりでなく、普段の講義から文法ミスなどにうるさかったことに関して、漱石も次のように回想している。

其頃はヂクソンといふ人が教師でした。私は其先生の前で詩を読ませられたり文章を読ませられたり、作文を作つて、冠詞が落ちてゐると云つて叱られたり、発音が間違つてゐると怒られたりしました。

（「私の個人主義」大正四年）

こうした指導が、正確な発音や正しい英文を書くための訓練として有効だったのは確かであろう。しかし、大学の英文学の講義でこのような教授がなされることに、漱石は深い疑念を持っていた。さらにその不信感を決定的なものにしたのが、ディクソンの英文学の試験内容であった。

試験にはウォーヅウォースは何年に生れて何年に死んだとか、シエクスピヤのフォリオは幾通りあるかとか、或はスコツトの書いた作物を年代順に並べて見ろとかいふ問題ばかり出たのです。年の若いあなた方にも略《ほぼ》想像が出来るでせう、果してこれが英文学か何うだかといふ事が。

（「私の個人主義」）

漱石文庫に所蔵された大学時代の答案が示すように、ディクソンの試験のみならず、漱石はどの教科も見事な点数であった。だが、このように人もうらやむ優秀な学生だった漱石が、実は内心は英文学に対する不安な気持ちで一杯だったのである。そして大学の講義で満たされないこともあって、漱石は独力で膨大な英文学書を読むようになった。先の証言にもあったように、漱石は足繁く図書館に通ったが、同時に自分でも洋書をどんどん買うようになり、人が訪ねてくると「本の間から顔を出す」ような状態だった。漱石が大学院に在籍していた頃、先輩に伴われてその下宿を訪問した土井晩翠は、漱石の部屋一面に洋書が堆積していたのに驚愕したと書いている（「漱石さんのロンドンにおけるエピソード」）。

こうした猛烈な読書の一方で、漱石は英文学に関する論文も発表するようになる。すなわち、明治二十五年十月の「文壇に於ける平等主義の代表者『ウオルト、ホイットマン』Walt Whitman の詩について」と明治二十六年三月〜六月の「英国詩人の天地山川に対する観念」（共に『哲学雑誌』掲載）である。「雑録」として無署名で発表された前者は反響が小さかったが、後者は雑誌『文学界』でも「親切有益の文学」と好意的に取り上げられた。

しかし漱石がいかに精進しても、英文学の壁はあまりにも厚かった。漱石は言う。

兎に角三年勉強して、遂に文学は解らずじまひだつたのです。私の煩悶は第一此所《ここ》に根ざしてゐたと申し上げても差支ないでせう。（「私の個人主義」）

卒業せる余の脳裏には何となく英文学に欺かれたるが如き不安の念あり。（『文学論』序）

そしてこの不安の念を抱いたまま、言わば明日のパンのために教師となった漱石は、松山・熊本と「彷徨」の果てに英国へ留学し、そこで「英文で大文学を書こう」という英文学を志した当初の夢が到底かなわないという最終結論に達するのである。

「方丈記」

漱石は明治二十四（一八九一）年十二月、ディクソンの依頼によって「方丈記」（冒頭に「方丈記について」という解説がある）を英訳した。自筆稿は現在行方不明だが、小宮の昭和十年版『漱石全集』の解説によれば、この英文は十二月八日付で作成され、ディクソンが朱を入れた上でExcellent Performance と激賞している。

ディクソンは翌二十五年二月、「日本亜細亜協会」の例会においてChōmei and Wordsworth という演題で講演し、その中で漱石の英訳した「方丈記」に少し手を入れたものを朗読したらしい。さらにこの「方丈記」は、講演内容と共にA Description of My Hut と改題されて、『日本亜細亜協会会報』にディクソンの名前で掲載された。そこでディクソンは「この翻訳の原稿・解説・並に翻訳の細部の説明に関しては、文科大学英文科学生夏目金之助君の、価値ある助力に俟つ所甚大であつた」と書いている。残念なことに自筆稿を見られないので、漱石の書いた元の英文を知ることはできない。だが、そもそも一学生に翻訳を依頼したことからも、いかにディクソンが漱石の英語力を買っていたかがわかると思う。そこで漱石の英語力評価の総決算として、英訳「方丈記」の冒頭部分を見てみよう。参考までに先に原文を掲げる。

ゆく河の流れは絶えずして、しかももとの水にあらず。よどみに浮ぶうたかたは、かつ消え、かつ結びて、久しくとどまりたるためしなし。世の中にある人と栖《すみか》と、またかくのごとし。

（小学館『日本古典文学全集』第二十七巻）

Incessant is the change of water where the stream glides on calmly : the spray appears over a cataract, yet vanishes without a moment's delay. Such is the fate of men in the world and of the houses in which they live.

原文の香りを伝えるまさに名文だと思う。成立学舎で本格的に英語を学び始めてからわずか十年。天賦の才と研鑽の日々により、漱石は日本人として、当時はもちろんのこと恐らく今日でもまれな、傑出した英語力を身につけるに至ったのである。

コックニー

ところで、漱石の英語力が読解や作文だけでなく会話方面でも優れたものであったことは、既にいくつかの場面で確認してきた。教えを受けた生徒の中にも、漱石の会話能力の高さに言及する者がいて、例えば熊本の第五高等学校時代の漱石について、野間真綱は次のように回想している。

論文小説の何れを問はず六かしい個所は平明な英語で云ひ表しを幾通りにも変へて説明された（中略）先生は美しい英文を書く人奇麗な発音で西洋人と話す人教場で厳格な鍛へかたをする人として生徒の畏敬の的であった。

（「追想」）

また野間によれば、五高の外国人教師H・ファーデルは生徒に対して「君等は英語に熟するには外国へ行く必要はない、日本丈けで充分熟達することが出来る。その証拠は夏目教授だ」と語ったという。当然、ファーデルは漱石の会話能力も含めた英語力を評価したと考えるべきであろう。

この会話能力をさらに伸長させる機会が漱石に巡ってきたのは、明治三十三（一九〇〇）年のことであった。英国留学である。漱石が「英語研究」という文部省の定めた留学目的を嫌い、「英文学研究」にこだわったことはよく知られている。ただどちらにせよ、英語を生活の中で使っている国に留学するのは、特に会話力向上のためには絶好のチャンスであった。ところが皮肉なことに、この留学中の言動や生活行動から、漱石は「英会話が苦手」という完全に誤った印象を後世の人々に与えてしまったのである。

明治三十三年十月二十八日、漱石はロンドンに到着した。そして早々に言葉の壁にあたり、同じ船に乗ってドイツに留学した藤代素人にぼやいている。

英語モ中々上手ニハナレナイ第一先方ノ言フ事ガハッキリ分ラナイコトガアルカラナ

（明治三十三年十一月二十日付）

会話は一口話より出来ない「ロンドン」児の言語はワカラナイ閉口

（明治三十三年十二月二十六日付）

漱石を悩ませたもの。それはロンドンなまりの英語「コックニー」（cockney）であった。漱石は日記の中で、コックニーは上品な言語ではなく、かつわからないと記した（明治三十四年一月十二日の欄)。また日本の友人に対してもこれについて書き送っている。

殊に当地の中流以下の言語はHノ音を皆抜かして鼻にか丶る様な実に曖昧ないやな語だ此は御承知の cockney で教育ある人は使はない事になつて居るが実に聴きにくい

(明治三十四年二月九日付、狩野亨吉・大塚保治・菅虎雄・山川信次郎宛)

漱石にとってコックニーはよほど悩みの種だったようで、正岡子規・高浜虚子両名宛の手紙に同封し、雑誌『ホト、ギス』に掲載された「倫敦消息」の中でも、コックニーをしゃべる下宿のお手伝いさんの英語に辟易させられた話を、二度も詳細に報告している。漱石に言わせれば、コックニーは江戸っ子のべらんめえ調のようなものであった。そして漱石は次のような弱音を吐く。

僕は英語研究の為に留学を命ぜられた様なもの丶二年間居つたつて到底話す事抔は満足には出来ないよ

(前記狩野・大塚・菅・山川宛書簡)

運命のいたずら

漱石が困り果てたように、コックニーが初めて耳にする外国人にとって極めて聞き取りにくい発音なのは、現代でも全く同じである。しかも早口だから、実は私も最初にロンドンでこれを聞いた時は、一瞬何語を話しているのかと思ったほどであった。コックニーの洗礼をはなから受けた漱石が「日本の西洋人のいふ言が一通り位分つても此地では覚束ないものだよ」と自信を喪失したのもうなずける。

ただ漱石自らが書き残しているように、日本語に方言があるのと同じで英語も地方によって異なり、さらには日本語以上に階級によっても違うのだから、渡英直後に聞き取りに不自由を感じてもそれほど挫折感を持つ必要はなかったはずである。にもかかわらず、漱石がコックニーにこだわったのはなぜか。それはコックニーが大英帝国の首都ロンドンで話されていた言葉だったからだと思う。

「英語研究」という留学目的に抵抗した漱石は、しかし語学のトレーニングということを無視するわけにはいかなかった。勉学の場所としてスコットランドやアイルランドも検討したが、結局やめたのは「双方とも英語を練習する地としては甚不適当」だと考えたからである。そして漱石は、英語学習のために最もすぐれた場所はロンドンであり、「其理由は語るの要なし」とまで書いている。そのロンドンで話されている言葉が聞き取れないのは、いかに中流以下の階級の人が使うものとはいえ、漱石には耐えられないことであった。

英語をものにすることができないということは、英文学を研究したかった漱石にとって、ある意味では都合のよい結論だったと言えよう。だが、いかに風変わりな人間といっても、漱石もまた明治の日本人であった。明治の国費留学生は学ぶ学問の違いこそあれ、近代国家日本の建設を担うべく、親のすねかじりの当世「遊学生」など全く比較にならないほど、命がけで勉学に精励したのである。漱石とてその例外ではない。自分は英文学をやりたいと思っていたにしても「英語研究」という国家の期待を無視する意図が当初からあったはずはない。その期待に応えられないという焦燥感を漱石は抱いていたのだと思う。

こうした一連の「聞き取れない」発言や、特に留学の後半で下宿に籠って対人関係を嫌ったことなどから、いつしか漱石は英会話が不得手だと思われるようになった。しかしこれが著しく事実に反しているのは、本章で見てきた通りである。確かにロンドン到着直後はコックニーが聞き取れなかったようだが、「教育ある上等社会の言語は大抵通ずるから差支えない」と語っているし、ロンドン大学の講義も不自由なく聴講しているのだから、漱石の英語の運用能力が低かったということはとうてい有り得ない。

「先生の英語は、明瞭で正確で、ゆっくり〳〵歯切れがよいので、聞いていて心持ちが良かった」（渡辺春渓「漱石先生のロンドン生活」）という証言や、ロンドンで教養のある下宿の老婆に「あなたは大変英語が御上手ですが余程おちいさい時分から御習ひなすつたんでせう」（明治三十四年十二月十八日付、正岡子規宛書簡）と言われたことからも、英語を母国語としない人間として、漱石の会話力は立派なものだったと断言してよい。

ちなみに、漱石が文科大学で習ったマードックとディクソンはスコットランド出身、ロンドンで個人教授を受けたW・クレイグ（William Craig）はアイルランド出身であった。英語を学ぶには不適当だと思っていた地域の出身者が日英両方で漱石の師となったのは、運命のいたずらだったのであろうか。

第二章　漱石の英語教育論

1

General Plan

When practicable, I dispense with books and give oral instruction, in order that the boys may learn as much as possible by the ear. The junior classes practise repeating after me short sentences forming pieces of conversation, the meaning of which they have previously learned. The senior classes have oral exercises in grammar, and have to answer questions on what they have read, and in other ways attempt conversation. All classes read with me whatever books they study with the Japanese teachers.

Particulars of each Class: Number and Length of Lessons each Week; Books used &c.

Primary School 5th & 6th Years, and Middle School 1st y.
Two Lessons of 25 minutes each. Mombushō Conversational Readers, Nos. 1, 2, & 3.
The boys open their books and read, each in turn, a sentence after me. They then close the books and repeat the sentences after me. Sometimes I repeat the questions and the boys give the answers. The proportion of reading compared with repeating increases as the pupils advance. I also teach a few new words (generally names or qualities of objects in the room) and phrases. The two higher classes have to prepare a sentence or two for dictation. These classes learn from me only pronunciation. The result is fairly satisfactory. The 25 min. lesson is quite long enough; a longer one wearies both teacher and pupils.

漱石の英語教育論「GENERAL PLAN」
本文91ページ参照

明治三十（一八九七）年十一月八日午前十時十五分、漱石は佐賀県尋常中学校（現在の佐賀西高等学校）で四年生の英語の授業を参観していた。教師は「専門学校卒業生某氏」、生徒数は約四十名である。当時、漱石はまだ無名ではあったが、何と言っても格上の高等学校の英語教授による参観だから、教師も生徒もさぞや緊張したに違いない。

ところで、漱石が「学術研究ノ為メ福岡佐賀両県下へ出張ヲ命ズ」という辞令を受けたことは知られていたが、その詳細は約九十年間全く不明であった。しかし昭和五十三年、原武哲《はらたけさとる》が熊本大学に保管されていた旧制第五高等学校関係の書類の中から「福岡佐賀二県尋常中学参観報告書」を発見し、かつその内容を詳細に検証したことによって、この出張の全貌が明らかになったのである（『夏目漱石と菅虎雄──布衣禅情を楽しむ心友──』教育出版センター）。時に漱石三十歳。口髭をたくわえた気難しそうな男が、教室の後ろで教師と生徒を眼光鋭く観察し、時折持っていたノートになにやら書き込んでいる光景が眼に浮かんでくる。

学士の実務研修

私の知る限り、漱石の英語教育論に関する最もまとまった論文は、出来成訓《できしげくに》の「漱石の英語教育論」（『日本英語教育史考』所収、東京法令出版）である。この論文は今まで等閑視されていた英語教師としての漱石に光を当てた点で、高く評価されてよいと思うが、残念なことに漱石が英語教育について論じた四つの重要資料の二つしか検討材料としていない。そこで本章では、この四つすべてを漱石の英語教育論を考える資料とした。なお、漱石の時代には「英語教育」ではなく「英語教授」という表現が広く使われたが、ここでは現在一般的な前者を用い、両者の相違などについての言及は省略した。

漱石の現存する最初の英語教育論は、明治二十五（一八九二）年十二月、帝国大学文科大学英文学科三年次の教育学の論文として執筆した「中学改良策」の中に見られる。この論文作成までの漱石自身の教師経験は、私塾の江東義塾と東京専門学校（現在の早稲田大学）だけであったが、論文中に「余が目撃せる或る地方の英語教授法の如きは……」とあることから、尋常中学校（五年制、以下中学）での英語教育について実地調査もしていたことがわかる。また半年後に大学を卒業したあかつきには、中学ばかりでないにしても、英語教師になることが決定的だったことを考えれば、英語教育の現状に重大な関心を寄せていたことは想像に難くない。ゆえに「中学改良策」は単なる試験の論文以上の価値を有すると思う。この論文は広く中学校の教育一般に関するものであるが、ここではその中核をなす英語教育の部分に絞って紹介する。

漱石は「中学改良策」で、西洋諸国は同一の宗教・衣食・風俗で言語体系も似通っているから、外国語の習得は東京人が「薩摩語」を習うより楽だが、文化も言語体系も異なる日本人が外国語を学ぶことは非常に困難であると言う。その上で、しかし学問を修めるためには外国語の知識が必須なので、中学時代に生徒が語学に苦しめられるのはやむを得ないとした。そして、中学校でよりよい教育が行われるために「良教師を得る事」と「教授法を改むる事」が大切であると主張している。

まず「良教師を得る事」について、漱石は英語に限らず、当時の中学教師全般の質を激しく批判した。

当今尋常中学校の教師には何処にて修業したるや性《たち》の知れぬ者多く僅かの学士及び高等師範学校卒業生を除けば余は学識浅薄なる流浪者多し

漱石は、こういう者に日本の将来を担う少年の教育を託すのは害あって益なしと断じた。実際のところ、明治初期の中学校の教員は免許状の取得を資格条件としておらず、明治十七年に「中学校師範学校教員免許規定」が定められたものの、教員の払底により実際には免許状を持たずに教えることも可能であった。従って教員の質は文字通り玉石混交であり、とりわけ英語については、その学力は非常に心許なかった。漱石はこうした現状に対して、これでは何年英語を学んでも習得の見込みはないと思うとか、大学に入っても生徒は苦労するし、大卒の価値も下落するに違いないと厳しく指摘した。

それでは、教師の質を向上させるにはどうしたらよいのか。これについて、漱石は中学の教員資格を厳格にし、理科文科大学出の学士か、高等師範学校の卒業生を中学に向けることを提唱している。しかも、これらの者についても無条件ではなかった。漱石は「学士にして中等教員たるものは学あれども教授法に稽《なら》はず高等師範学校卒業生は授業法には精しけれども学識に乏し」として、学士には半年間の教授法等の研究と半年間の準教師待遇の実地研修、高等師範学校には学識を有する卒業生の養成を求めたのである。

漱石が明治二十三（一八九〇）年に英文学科に入学した唯一の学生であったことは先に触れたが、まだ帝国大学が東京にしかなかったこの時代の学士の数は全体でも極めて少なく、粗製濫造された現代の学士とは全く比較にならない最高の知的エリートであった。その学士に対してさえ、漱石は教授法に習熟していないことを理由に、これだけの条件を課しているのである。

これを読んで誰もが思い出すのは、現行の中等教育における「初任者研修制度」であろう。この制度導入にあたっての賛否両論やその後の実施状況についての論評は避けるが、自分の学力の高さと人を教える力量が別物であること、そして実務研修の大切さを、既に百年前にまだ学生の漱石が熟知していたのは流石という他あるまい。

俸給へのこだわり

また、漱石は教員の資格として「道徳上の資格」にも言及している。ここで漱石は、道徳は知識よりも遥かに尊いものであり、教師は生徒の模範にならなければいけないと教師個人の道徳の高さを求めた。漱石が教授法の習熟と共に、生徒の人格形成のために教師に課せられる徳性にも言及していることは興味深い。さらにおもしろいのは、漱石が自身について次のように述べていることである。

吾々当時の青年は破壊時代に生れたる上好加減《いいかげん》の教育を生噛みにして只今迄経歴したる者共なれば智育徳育共に充分ならず

漱石は終生教師としての自らの適性を否定した人物だが、その一因として己の学習環境を挙げているところが注目される。

また漱石は、教師になったからにはその職に全力であたることを要求し、これを「徳義」の問題とした。そして教師が手抜きをするのは待遇が悪いからだとし、学士の肩書きを持つ者が中学の教師を天職として志望するように、その俸給を引き上げることを提案している。

明治二十三年における尋常中学の教師の平均年俸は、漱石の算出によれば約三百円であり、「中学改良策」はこの年俸について「能ある者争《いか》でか甘んじて此微禄を屑《いさぎよ》しとせん」と強く批判した。漱石がこのように俸給にこだわったのは、年俸の多寡がその職業の社会的な序列さえ決める時代だったからである。中学教師の現状の年俸では高尚な職業とみなされないので、特に学士は食べていくためにとりあえず教師になったとしても、常に転職を考え教育活動に身が入らず、授業も生徒への対応もお座なりになってしまうというのが漱石の意識であった。

そして漱石は、教育予算を確保しない行政当局にも手厳しかった。


軍艦も作れ鉄道も作れ何も作れ彼も作れと説きながら未来国家の支柱たるべき人間の製造に至つては毫も心をとゞめず徒らに因循姑息の策に安んじて一銭の費用だも給せざらんとす是等の輩真に吝嗇の極なり

俸給に対するこの漱石のこだわりは、後々まで長く続くことになる。例えば、漱石が明治二十八年に愛媛県尋常中学校に赴任したいわゆる「松山行き」の理由について、失恋説や洋行費用貯蓄説など様々推測されるが、確かなのは、外国人教師の後任という例外的な事情から支給された校長を上回る八十円という月給が、漱石のプライドを満足させたということであった。また弟子に教職を斡旋する時も、漱石は俸給面での待遇を特に重視していたことが手紙からうかがえる。

さらに漱石は外国人教師の登用にも積極的で、自分も含め英語を正しく発音できる日本人は極めて少ないし、特に英作文を添削指導することは日本人には無理だから、一つの中学に一人は外国人を雇うべきだと主張した。「中学改良策」によれば、当時全国に四十四あった中学校に外国人教師は二十八人いたが、地域によってはこれを確保するのが難しかった。そこで漱石は、外国人は学者でなくても普通の読み書きができて品行方正であればよいとし、例として地元の宣教師を挙げている。外国人教師に語学教育のための資格や経験を求めていないのは、現代的な視点からは不満も残るが、今と違ってそんな贅沢を言える時代ではなかった。

赤面する漱石

次に「教授法を改むる事」、つまり「英語教授法の改良」について、「中学改良策」でかなり詳細に述べられているので、漱石の論文の順序に従って見ていきたい。

漱石は「英語教授法の改良」の冒頭で、教科書の選定について意見を述べている。明治二十年代の英語教科書は外国で定評のある本を翻刻したものが中心であり、またその選択は基本的には各学校の裁量に委ねられていた。そうした現状において、漱石はまず総論として使用する教科書のレベルが一般に高すぎることを批判し、「用書は可成《なるべく》卑近のものを択んで高尚に失せざる様心掛くべし」と述べている。

漱石は特に難しい教科書を使っているのは私立学校だとしているが、これは実体験に基づいた意見であった。すなわち、漱石は明治二十六年に東京専門学校で、前職者に引き続きJ・ミルトンの『アレオパジティカ』(John Milton : Areopagitica) を教えたが、難しすぎて苦労したことがあったのである。教科書のレベルに関するこの総論は、主に中学よりも上級の学校を念頭に述べられたもので、以後の各論と少し論理的整合性に欠けているが、漱石が実際に授業で使用した教科書を検証していく上で重要な指摘だと思う。

次に各論において、漱石は第一に教科書による西洋の思想の無批判な流入を危惧している。西洋と日本では道徳観念が非常に異なっているので、たとえ語学の勉強のためとはいえ、従来の日本の徳義に反するような本を講読していると、いつしか感化され「日本人の胴に西洋人の首がつきたる如き化物」を養成してしまうというのである。この記述から、漱石が英語の教科書にも日本の道徳規範との整合性を求めていたことがわかる。

また漱石は、ある私立学校で英詩を教えている時に「日本人として云ふに忍びざるの言辞」を翻訳しなければならないことがあって、独りで赤面していたという体験を語っている。ここで「私立学校」とは、やはり東京専門学校のことであろう。漱石が恥じらうのがどの程度の表現なのかわからないし、英詩が具体的に何を指すか断定するのも難しい。ただ、漱石が東京専門学校で教科書として用いたO・ゴールドスミスの『ウェイクフィールドの牧師』(Oliver Goldsmith : The Vicar of Wakefield) に見られる次のようなバラードの一節も、現役の学生であった漱石には訳すのがためらわれたのではないか。

Thus let me hold thee to my heart,
And ev'ry care resign :

And shall we never, never part,
My life, —my all that's mine.

第二に今度は一転して、漱石はあまりに幼稚な内容の教科書もだめだとし、学ぶ者の年齢にあったものを求めている。漱石が指摘したのは、中学校で使用している英米の教科書は本国では小さな子供向けのものだから、発育段階の違う日本の生徒には興味が湧かない内容だし、人物養成という点でも全く役に立たないということであった。ここで幼稚な例として挙げられたのが、「猿が手を持つ」という表現である。これは当時の初級用教科書に出てくる The ape has hands. を指し、『ウィルソン第一読本』では、冒頭のアルファベットのAの説明で The ape and the ant. の次に登場する。

『ウェイクフィールドの牧師』
(漱石旧蔵)

第一章で見た通り、漱石も『ウィルソン読本』を英語を習い始めの頃に使っていたとされるが、その当時英語嫌いだったのは、あるいは漢籍に慣れ親しんでいた漱石にとって、こうした内容の幼稚さが我慢ならなかったのかもしれない。従って、この意見もまた、漱石自身の英語学習経験に基づく可能性があると思う。

失敗に終わった教科書

教科書に関する各論の第三として、漱石は日本語と英語を比較対照し、簡単な文章から高度な構文まで網羅した文法兼会話書を文部省が編纂することを求めた。これを読めば、漱石がわざわざ英語教授法改良策の冒頭で教科書の問題を提起した真意がわかる。つまり漱石は、日本人にとってレベルや内容に問題のある外国の教科書を各学校の裁量で選ぶのではなく、日本人が英語を習得するのに適した教科書を国が主導して作ることにより、英語教授法を確立する土台もできると考えたのである。

実はこの時点で、二種類の文部省の手になる教科書が存在した。その一つは『デニング英語読本』全六巻（English Readers, The High School Series）で、初代文部大臣の森有礼が指示したものであった。森は戦前の学校教育制度の骨格をなす国家主義的な各種の学校令を断行する一方、英語教育の普及を積極的に奨励し、明治二十（一八八七）年、宣教師のW・デニング（Walter Dening）にこの教科書を作らせた。

またもう一つは、『正則文部省英語読本』全五巻（The Mombushō Conversational Readers）である。この本は、近代詩の幕開けを告げた『新体詩抄』の訳著者の一人で、後に東京帝国大学総長や文部大臣を歴任し、明治の英語教育にも大きな影響を及ぼした外山正一《とやままさかず》が、B・チェンバレン（Basil Chamberlain）の校補を経て明治二十二年に編纂したものであった。

漱石は「中学改良策」で『正則文部省英語読本』には一言も触れていない。編纂者の外山は文科大学で漱石も面識があったから、かえってはばかったのであろうか。漱石の気性からしてその可能性は薄い気がするのだが。いずれにしても、『正則文部省英語読本』については別に検討する。

一方『デニング英語読本』について、漱石はこの本の内容が義経・秀吉・家康・孔子・孟子といった日本や中国の英雄や偉人の物語からなっていたので、英語を通して英米の文化や思想を理解するという視点が欠落していると批判した。とりわけ西洋の文物吸収を英語学習の大きな目的としていた明治日本では、この欠点は致命的なものだった。事実、『デニング英語読本』はほとんど教育現場で受け入れられずに消え去ったのである。

結局のところ、漱石の理想とする教科書の要件をまとめると、「日本人向けに編纂された易しい文章によるもので、その内容は西洋の文化を理解しつつもその思想に無批判に感化されず、むしろ日本人の本来の道徳意識の向上に資するもの」ということになる。繰り返しになるが、英語の教科書にも道徳教育への配慮をしていることが重要であると思う。

正則と変則

教科書の選定に続き、漱石は「英語教授法の改良」のポイントとして「日本語訳」についてこう述べている。

訳読は力めて直訳を避け意義をとる様にすべし「ザット」の「イット」で押して行く時は読のに骨が折れて時間上余程の損害を招く

これは至極当然のことを言っているようで、実は日本の英語教育の歴史上、最大の問題の一つに言及したものである。

福沢諭吉の慶應義塾を筆頭に、幕末から明治初頭の英語教育で最初に主流となったのは、英文の上に英語の発音に近いカタカナを振り、英文の下に単語の意味とその訳す順番を番号で記入する教授法であった。一例を挙げると上のようになる。

ドオー	ユー	シンク	ジス	イズ	エー	ファイン	ピクチユアー
Do	you	think	this	is	a	fine	picture?
為スカ	汝ハ	考ヘ	是ガ	アルト		ヨキ	画デ
七	一	六	二	五		三	四

一見明らかな通り漢文式訳読法で、英語の音声面には目をつぶり、英文のいわんとしていることの理解を最優先したものであった。これを当時「変則英語」と呼んだのである。他方、発音やアクセントなどの音声面を重視する教授法も早くから取り入れられた。これ即ち「正則英語」である。

これらの言葉は、既に明治三（一八七〇）年に制定された「大学南校規則」で、「訓読解意ヲ主ト」する「変則」と「韻学会話ヨリ始メ」る「正則」という形で用いられていた。それがいつしか、「正則英語」＝「官学で外国人教師が教授するもの」、「変則英語」＝「私学で日本人教師が教授するもの」とされるようになったのである。もっとも、正則英語を日本人教師が教えることも当然可能であるし、慶應義塾にも正則科が置かれていたことを考えれば、この分類は厳密なものではなかった。

正則教授法と変則教授法を比較した場合、前者が英語教育のみならず語学教育の王道であるのは、明治の初めにもほとんど異論のないところであった。定冠詞の the を「ゼ」、あるいは尾崎行雄のように「トヒー」と読んだり、不定冠詞の a を「エー」と読むといった音声面のみならず、解釈の面でも変則英語には次のような絶対的な限界があったからである。

The door is made of wood.
戸ガ木ニツイテナサル、。

（馬場栄久・細井伝吉『ウヰルソン氏第貳リードル獨案内』）

I prefer tea to coffee.
私は珈琲にまで茶を選ぶ。

（『日本の英学一〇〇年　明治編』研究社）

ところが、明治二十年代になっても現実の英語教育の主流は変則であった。それは「獨案内」「直譯」といったタイトルのついた、当時出版されたおびただしい数の教科書の注釈書が、ほぼすべて変則英語によるものだったのを見てもわかる。なぜ幕末以来の変則英語が生き長らえたのか。その理由の一つは正則英語を教える外国人教師の絶対数が不足していたからである。

前述のように、もともと正則教授法は日本人教師が教えること自体を否定するものではなかったが、発音やアクセントはネイティブ・スピーカーが教えるに越したことはないし、留学経験もなく、自らが変則英語で学んだ大多数の日本人教師は音声面の指導に不安があった。そこで正則英語は外国人教師が教えるものとされ、正則と変則で外国人と日本人教師の役割分担がいつのまにかできてしまい、外国人教師不在の多くの学校では正則教授法による授業が行われない事態となったのである。

また外国人教師がいる学校でも、正則英語は必ずしも期待するほど学習効果をあげていなかった。これは現代にも通じる問題であるが、ネイティブ・スピーカーならば誰でもよいわけでないのは当然である。母国語の教授はある意味で外国語を教えるより難しいことであり、教師の質の高さが求められるところだが、明治初期の日本で外国人教師の雇用にそれほど選択肢があろうはずはなかった。しかも正則教授法と言っても、「沈黙は金」の風土を持ち、一般に人前で外国語を口にするのに消極的な日本人の国民性を考慮した、外国人による具体的な教授法など存在しなかったのだ。そしてこの状況は今もさほど変わっているとは思えない。

夏目狂セリ

さらに変則英語が主流であり続けたのには、より大きな別の理由があった。それは「なぜ英語を学ぶのか」という根本的な問題に起因することである。すなわち、明治開国後の日本人にとって英語学習の最大の目的は、書物を通して西洋の文化を吸収することであり、外国人とのコミュニケーションの手段として英語が必要とされたわけではなかった。

国際時代と言われる現代でさえ、日本人は日本にいる限り、英会話ができなくても生活する上では困らない。最近では「英語が話せなければ二十一世紀は生きられない」といった類の英会話学校のセールス・トークをよく耳にするが、「生きられない」が広義に「損だ」という意味ならば異存はないが、「生死に関わる」という意味では絶対に有り得まい。

漱石の時代の日本人について言えば、英語を学ぶ者自体がもちろん少数派だったし、まして英会話能力が多少なりとも必要とされたのはごくわずかの人であった。中学校の生徒に求められた英語力も、話したり聞いたりできることではなく、書かれている内容がわかることだったのである。例えば明治二十年代のおわり頃まで、中学校の教科書は国語や漢文を除けばすべて英語の原書だったので、教科書に書かれている英語を読んで理解することは、英語以外の教科に合格するためにも最低限の必要条件であった（『明治期英語教育研究』）。こうした目的の達成という観点からは、たとえ語学習得法としては邪道であったにせよ、変則英語が有効な手段であったのは否定し難い。

誤解のないように説明しておくと、正則英語は音声面の学習を重視するものではあるが、決して会話能力の養成だけを旨としたわけではない。最終的には、読解や作文の面でも、変則英語で学ぶ以上に学力が向上するはずのものであった。しかし生徒の心理としては、発音練習したり音読したりするのは、内容の把握には無用ないしは遠回りなことであった。「正しい発音ができても使う場面がない」という現実は大きかったのである。

こうした状況に対して、正則英語の正当性を信奉する英語学者はどのような論理を展開したのか。明治から昭和にかけて日本の英語教育界に大きな影響を与えた、岡倉由三郎を例にとってみよう。岡倉は日本美術界の父、岡倉天心の弟で、英語関係では一歳年上の漱石と不思議なほど因縁があった。すなわち、岡倉も文科大学選科で漱石の師ディクソンから英語を学び、また漱石と同じく嘉納治五郎の招きで東京高等師範学校の教壇に立ち、さらに漱石と同時期に英国へ留学している。岡倉の回想「朋に異邦に遇ふ」によれば、二人は日本でも同じ会合に同席していたことがあったようだが、明治三十五年四月十七日付のロンドン滞在中の漱石から鏡子夫人宛の手紙に「日本の留学生にて茨木、岡倉といふ二氏来る」（傍線部筆者）とあるから、漱石の方ではあまり意識していなかったのかもしれない。

ロンドンでは二人は数回に亘りお互いの下宿を行き来していて、漱石はスコットランドからロンドンの岡倉に手紙も出している。さらに、有名な「夏目精神ニ異状アリ、藤代へ保護帰朝スベキ旨伝達スベシ」という文部省からの電報を受け取ったのも、また「夏目狂セリ」という電報を文部省に発信したとされるのも岡倉である。帰国後も、漱石の手紙に岡倉の名前が出てくるから、それほど親密ではないにせよ交流はあったらしい。岡倉が漱石と決定的に異なるのは、一生を英語教育に捧げたことで、東京高等師範学校の教授を退職後は、ラジオ英語講座のような新しい英語教育事業の先駆者にもなった。文字通り、戦前の英語教育界における最大実力者の一人と言ってよい。

受験英語への転落

その岡倉は主著『英語教育』(博文館)の中で、「英語は実用を目的とする」と明言した。しかし、彼が言う「実用」とは現代の我々が考えるものとは全く違う意味であった。岡倉は、英語を話す国民と文通したり談話する機会など大多数の日本人にはないのだから、そんなことが実用なのではなく、なんと「読書力の養成」こそ実用だとしたのである。

充分の読書力無ければ、決して満足に話し正確に書くことは出来無いのである。之に反し読書力が一通り備つて居れば、必要に応じ話したり書いたりすることは困難で無い、即、読書が会話作文の基礎となるのである。

(『英語教育』)

一読して「読書力があれば必要に応じて話せるなどというのは嘘だ」と反論したくなるが、岡倉はこの後で、正確に話したり聞いたりできなければ、いわゆる「直読直解」できるほどの真の読書力は得られないとしている。なるほどそのように条件づけるならば、当然、読書力=会話力になる。しかし、そんなレベルの読書力を日本人一般の目的とすることが、土台無理な話であった。論より証拠で、難しい英文を速く正確に読めるが、会話能力はゼロに近い日本人が今でも大勢いる。彼らは十分な英語読解力を持っているのに、岡倉に言わせれば「真の読書力」はないことになってしまう。そうなると、「読書力」という言葉の意味は限りなく曖昧になるであろう。

思うに、いかにこじつけても、リスニングやスピーキングは主に意思伝達のために求められる能力であり、読書力に直接結びつけられるものではない。岡倉の『英語教育』が日本人の会話能力の向上にほとんど無力で、むしろ「読解至上主義」を助長するだけの役割しか果さなかったのは必然であった。そして、英語の実用面を「読書力」とした『英語教育』が「聖典」となったことは、日本の英語教育に最悪の悲劇をもたらした。すなわち「受験英語」の隆盛である。

岡倉は、以上のような矛盾に満ちた言葉で、英語を学ぶことの意味をいわゆる「文化教養」にあるとしたのだが、それはただ英語利益集団の自己弁護としか受けとれず、うつろに響くだけであった。（中略）そうして現実の学校教育の英語は、はやくも明治末年において、上級学校への進学以外に大した目的はなく、受験英語一色にぬりつぶされ、以来不毛な受験英語の再生産がくり返されて今日に至るのである。（『資料日本英学史2　英語教育論争史』大修館書店）

もちろん、受験英語が英語教育の中で市民権を得たことの責任を、すべて岡倉に負わせるのは妥当ではない。しかし、岡倉といい漱石の師であった神田乃武といい、留学経験もある当代最高の英語指導者が、本人の意思がどうであれ、結局のところ受験英語に加担する役割を演じたことは事実である。そして、こうした人物の弟子達が英語の世界を牛耳ってきたことにより、日本の英語教育は出口のない暗黒の迷路を今日までさまよい続けることになった。

長々と述べてきたが、「中学改良策」を書いている当時、正則英語を教育現場で実現することの困難を、漱石がどれだけ認識していたかはわからない。ただ、漱石が「直訳を避ける」ことを主張すると共に、「初学者は常に一定の訳字を得ん事を願ふものなり」として、英語を学び始めた者の心理を踏まえ、逐語的な訳を生かす余地も認めているのは大したものだと思う。なおここで漱石は、英語の一語一語を回りくどくてもなるべく明瞭に説明することの効用を述べているが、具体的な例は挙げられていない。これに関しては、第三章の漱石の教育実践で触れる。

屋島の合戦

「教科書の選定」「日本語訳」に次ぐ「英語教授法の改良」の三番目は「音読」である。ここで漱石は、初歩の段階ではあらかじめ和訳をした部分だけ声を出して読むようにすれば、音読と共に意味を理解する習慣ができるとしている。そして上級レベルでは訳していない部分でも、やさしいところは読んですぐに、「和訳しないで」理解できる力を養うべきだとした。ただし前者については、実際の漱石自身の授業でも訳の前に生徒に読ませているから、「あらかじめ和訳したところを読む」とは、「和訳する前には一切音読しない」という趣旨ではないと思う。

問題は次に「教師は訳読の済んだる部を徐々と朗読し生徒をして之を日本文に書き直さしむべし」と書いてある点である。これは明らかに、教師が英文を読んで生徒がそれを日本文に訳すということで、普通の dictation（書き取り）、すなわち英語で読んで英語で書き取ることとは異なる。既に解釈を終えた部分を読み聞かせて日本文にするのでは、日本語訳の丸暗記を奨励するに等しく、英文を読んで和訳せずに理解することを理想とした漱石が、このような教授法を提唱した理由は不明である。漱石も以後は、この「英読み和訳」には一切触れていない。「音読」に続いて、漱石は「英語教授法の改良」の最後に「英作文」について書いている。ここで漱石は、英作文の指導に先立って生徒の文法と書き取りの力を高め、やや向上した段階で以下のように指導することを説いている。

一、熟語を毎時間十数個与えて暗記させ、次の授業でその一つを使ったごく簡単な英作文を書かせる。
二、生徒に順次同じ文を黒板に書かせ、同一の誤りをしないように全員の前で添削する。
三、上達してきたら、ある課題を与えて短文を書かせる。
四、時には教師が訳読書を読んで、生徒にその内容を英文で書かせる。初めは和訳を終えた部分を読み、その後に訳していない部分を読む。

さらに漱石は、「時々日本支那の文章を取り之を翻訳せしむべし」としている。漱石がこの論文の前年にディクソンの依頼により『方丈記』を翻訳し、それ以前にも「屋島の合戦」や「正成と正行の別れ」を翻訳したのは既に書いた。恐らくその経験から、上級者には英訳の難しい東洋の文章の翻訳を求めたのであろう。そして、この英作文の項目をもって「中学改良策」中の英語教育論は終わっている。

「GENERAL　PLAN」

漱石が「中学改良策」に次いで英語教育論をまとめたのが「GENERAL　PLAN」というタイトルを持つ英文の論文である。「中学改良策」が英語教育を中心に置きながらも他の教科にまで言及していたのに対して、「GENERAL　PLAN」は英語教授法に絞って書かれており、具体的な学年別の使用教科書も掲げた、より実践的なものとなっている。この論文の書かれた時期は特定できないが、実際に教えた経験を踏まえており、その内容から漱石が高等師範学校の嘱託をしていた明治二十七（一八九四）年はじめに、同校の校長で柔道の父として高名な嘉納治五郎から依頼された「尋常中学英語教授法方案」の草稿と考えられる。

「GENERAL　PLAN」の冒頭で、漱石は総論として次のことを主張している。

一、可能な場合には教科書なしで口頭で教え、生徒ができるだけ耳から学ぶようにすること。
二、低学年のクラスでは、事前に意味を学習してある会話の一部を成す短文を、教師の後について繰り返し練習させること。
三、高学年のクラスでは、文法を口頭で練習したり、読解したものに関する質問に答えさせたり、会話を試みさせること。

これらはいわゆる「正則英語教授法」の典型であり、また漱石自身が「中学改良策」で述べたことの延長線上にあるものとして、とりわけ新鮮味のある内容ではない。漱石はこの短い総論に続き、各学年ごとの各週の授業時間数や使用教科書、さらには教授法に触れている。「GENERAL PLAN」の中核をなす部分なので訳してみよう。

一、小学校五・六年生と中学校一年生
a、授業時間数　二回（各二十五分）
b、使用教科書　『正則文部省英語読本』一・二・三
c、教授法　生徒は教科書を開き、順番に教師について文を音読する。それから教科書を閉じ、教師について繰り返し音読。時々教師は質問を反復し生徒が答える。生徒の学力の向上に応じて、反復に比して音読の分量を増やす。また、一般に教室の中にある物の名前や性質など、二、三の新しい単語と熟語を教える。小学校六年生と中学校一年生のクラスでは、書き取りのための文を一、二用意する。

二、中学校二年生
a、授業時間数　三回（五十分一回と三十分二回）
b、使用教科書　『正則文部省英語読本』三

c、教授法

音読がほとんどの時間を占める。同じ課を数回音読。会話の課は文章がかなり長いので、ほとんど音読だが繰り返しはしない。書き取りとして、会話の一部分を成しているやさしい短文をやらせる。生徒はこれを反復する。

三、中学校三年生

a、授業時間数　二回（各五十分）

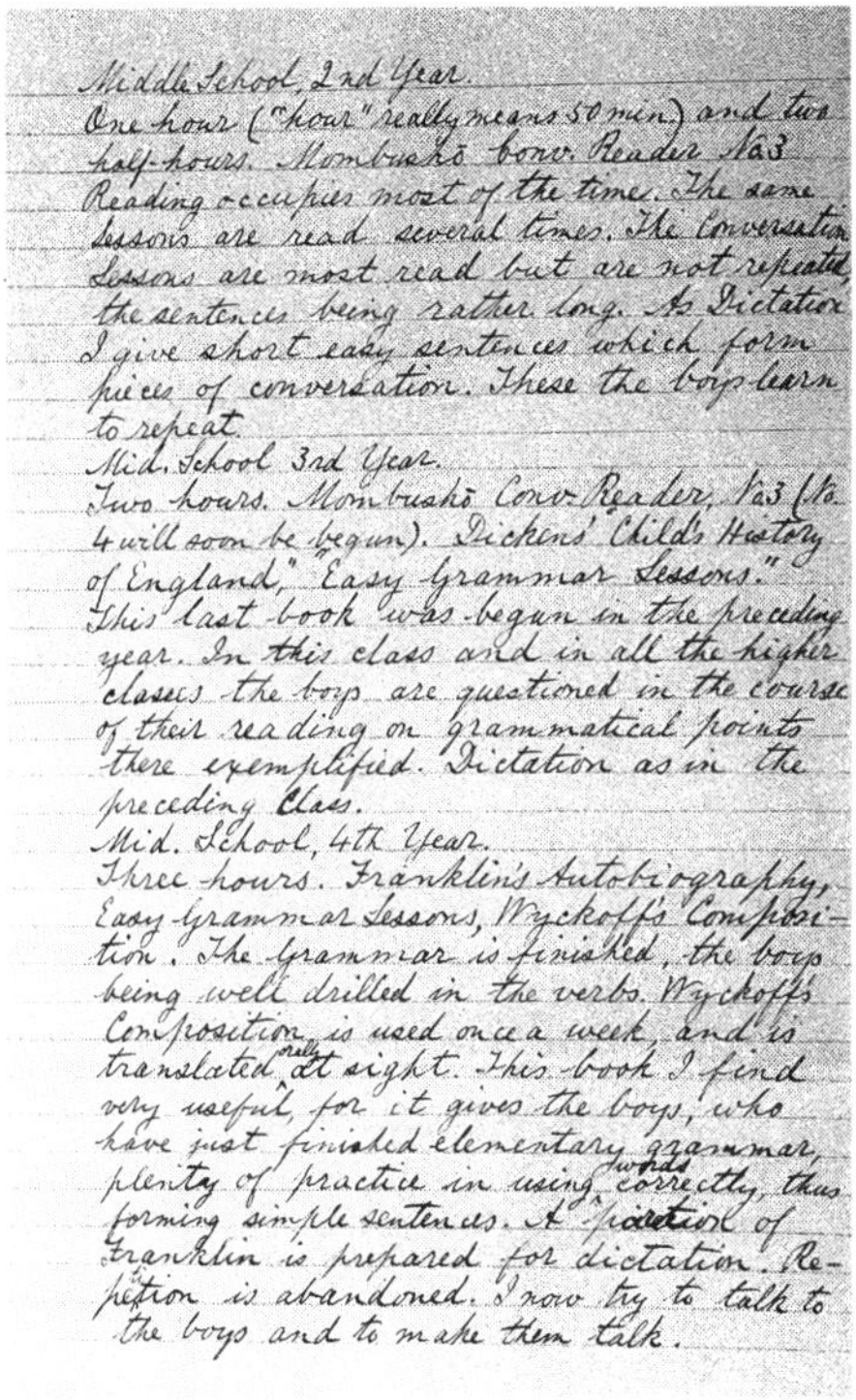
Middle School, 2nd Year.
One hour ("hour" really means 50 min.) and two half-hours. Mombushō Conv. Reader No. 3
Reading occupies most of the time. The same lessons are read several times. The Conversation Lessons are most read but are not repeated, the sentences being rather long. As Dictation I give short easy sentences which form pieces of conversation. These the boys learn to repeat.
Mid. School 3rd Year.
Two hours. Mombushō Conv. Reader, No. 3 (No. 4 will soon be begun). Dickens' Child's History of England," "Easy Grammar Lessons."
This last book was begun in the preceding year. In this class and in all the higher classes the boys are questioned in the course of their reading on grammatical points there exemplified. Dictation as in the preceding Class.
Mid. School, 4th Year.
Three hours. Franklin's Autobiography, Easy Grammar Lessons, Wyckoff's Composition. The Grammar is finished, the boys being well drilled in the verbs. Wyckoff's Composition is used once a week, and is translated orally at sight. This book I find very useful, for it gives the boys, who have just finished elementary grammar, plenty of practice in using words correctly, thus forming simple sentences. A portion of Franklin is prepared for dictation. Repetition is abandoned. I now try to talk to the boys and to make them talk.

「GENERAL PLAN」の一部

b、使用教科書　『正則文部省英語読本』三・四、ディッケンズ『児童向けイギリスの歴史』、『やさしい英文法のレッスン』

c、教授法　『やさしい英文法のレッスン』は前の学年から始める。このクラスと他のすべての上級クラスにおいて、読解の過程で示された文法上の問題を生徒に尋ねる。

四、中学校四年生

a、授業時間数　三回（各五十分）

b、使用教科書　『フランクリン自伝』、『やさしい英文法のレッスン』、『ワイコフの作文』

c、教授法　文法が終り、生徒は動詞もよく練習されている。『ワイコフの作文』を週に一回使い、黙読して口頭で訳させる。『フランクリン自伝』の一部は書き取りに使う。反復はもうしない。生徒に英語で話をし、話を返すようにさせる。

五、中学校五年生

a、授業時間数　三回（各五十分）

b、使用教科書　『アプルトン第五読本』、『上級文法レッスン』

c、教授法　日本語の文章か短い物語を英訳させる。書き取りは四年と同じ。話す機会を多くする。

六、中学校六年生

a、授業時間数　三回（各五十分）

b、使用教科書　『ウェイクフィールドの牧師』、スウィントン『英文学研究』、『上級文法レッスン』

c、教授法　日本語の物語を訳す。時々、教師が（英語で）物語を話し、生徒にそれを書いたり、話したりさせる。自由英作文はめったにさせない。書き取りと話すことをさせる。

『正則文部省英語読本』

「GENERAL　PLAN」に書かれた教授法は、学年ごとの具体的な記述がなされていることを除けば、その内容はやはり「中学改良策」とおおむね変わらない。注目すべきは教科書についてであり、漱石は「文部省会話読本が唯一適当な本である」として『正則文部省英語読本』のみを高く評価している。これは先に書いたように、外山正一が明治二十二年に編纂した五巻本の中学用教科書であった。

旧幕臣の子として生まれた外山は、小さい頃に蕃書調所（東京帝国大学の前身）で英語を学び、十八歳の時に江戸幕府の派遣でイギリスに、さらに二十二歳の時に明治政府の派遣でアメリカに留学する機会を得た。そして帰国後は、東京開成学校・東京大学・帝国大学文科大学で専門科目と英語を教える一方、明治十五年、矢田部良吉・井上哲次郎と共に、近代詩のエポック・メーキングとなる『新体詩抄』を刊行している。

漱石が『正則文部省英語読本』を評価したのは、その正則的な編纂方針に賛同していたからである。ただその一方、漱石は一、初版から改訂されていないこと、二、過剰な繰り返しがあること、三、挿絵に誤りがあること、四、上級の会話が暗唱には難しいこと、などを批判している。

思うに、漱石の指摘した中でこの教科書の根本的な欠点を突いたのは四であろう。つまり、「耳と眼と口で自然に学ぶ」という外山の基本方針は、『正則文部省英語読本』の一・二巻あたりではよく反映されているが、四・五巻になると無理が生じてくるのである。例えば四巻の「会話」には次のような文が出てくる。

He was exiled to St. Helena, where he remained as a prisoner till his death on the 5th May, 1821.

外山が教科書の文章の機械的な暗唱を否定していたのは事実である。しかしながら、右の文章は暗唱の是非は別にしても、そもそも会話の例文として繰り返し読むのに適当とは思えない。少なくとも、「自然に学ぶ」のが不可能なのは明瞭である。『正則文部省英語読本』はなるほど初学者にはよいテキストであったけれど、その基本方針からして、学年が上がるにつれて限界も露呈せざるを得なかったのだ。

ただそれにしても、『正則文部省英語読本』は現代でも十分通用する立派な教科書であるし、今から百年前にこれだけのものを編纂した外山は尊敬に値すると私は思う。だが残念なことに、この素晴らしい教科書がかなりの期間広く中学校の教育現場で使われたにもかかわらず、外山の願うレベルに中学卒業生の英語力がアップすることはなかった。その理由については、次の漱石の授業参観記録で見ていきたい。

THE MOMBUSHŌ

CONVERSATIONAL READERS.

Nº 4.

IMPERIAL DEPARTMENT OF EDUCATION.
TŌKYŌ.
1889
[All Rights Reserved]

『正則文部省英語読本』の扉

漱石の授業参観

漱石の英語教育論を知る上で重要な第三の資料は、明治三十（一八九七）年十一月、当時第五高等学校（現在の熊本大学）の教授であった漱石が、福岡・佐賀両県の尋常中学校で英語の授業を参観した際の「福岡佐賀二県尋常中学参観報告書」である。「GENERAL PLAN」から四年が経ち、愛媛の尋常中学校と第五高等学校で教歴を積んだ漱石の英語教育観を知る上で、これは貴重な資料だと思う。漱石が授業参観したのは次の四校であった。

十一月　八日　佐賀県尋常中学校（現在の佐賀県立佐賀西高校、以下佐賀中学）
十一月　九日　福岡県尋常中学修猷館（現在の福岡県立修猷館高校、以下修猷館）
十一月　十日　福岡県久留米尋常中学明善校（現在の福岡県立明善高校、以下明善校）
十一月十一日　福岡県尋常中学伝習館（現在の福岡県立伝習館高校）

漱石は修猷館で四時間、他の学校では三時間、一年生から五年生までのいくつかの英語の授業を参観した。そして報告書は、それぞれの授業について「学年」「課目」「教科書」「教師の名前」「生徒数」「教授法」「漱石の評価」に統一して作成されている。

まず漱石が高く評価した授業を挙げてみよう。

（1）佐賀中学二年生の会話作文文法の授業

a、教授法

この授業では、まず全生徒に前の授業で習った英文を一、二暗唱させ、それから指名した生徒を教壇に立たせて、大きな声で他の生徒に向けて同じ文を読ませた。漱石はこれを「会話」と記している。

次に、教師は暗唱した文の続きを日本語で示して、生徒に英訳をさせた。漱石はその生徒の訳を黒板で教師が直したと書いているので、指名した生徒に黒板で英文を書かせたのかもしれない。これが「作文」である。

最後に、正しい英文について教師が文法の質問をし、また文法の新しい知識を教えた。すなわち「文法」である。

b、漱石の評価

漱石は二つの点を評価している。一つは教師が正則的に指導することに大変心掛けていたことで、もう一つは一時間の授業で会話・作文・文法の三科を教えていたことであった。そして漱石は、「此師ノ授業ヲ受ケバ少ナクトモ此諸科ニ対スル知識ハ高等学校入学試験ニ応ズルニ充分ナラン」と絶賛している。

（2）修猷館五年生の訳解の授業

a、教授法

授業は原則的に英語で行われ、生徒が英文の一節を順次和訳する時以外は、教師も生徒も一切日本語を用いなかった。また「訳解」の時間ではあっても、実際は会話や文法も含まれる内容で、和文英訳を除くすべてがこの授業に含まれていたようだ。

b、漱石の評価

漱石がこの授業にいかに感銘したかは、短いながらも次の感想から十分わかる。

西洋人ヲ使用セザル学校ニ於テ斯《かく》ノ如ク正則的ニ授業スルハ稀ニ見ル所ニシテ従ツテ其功績モ此方面ニ向ツテハ頗ル顕著ナルベキヲ信ズ

留学の効用

この佐賀中学二年生と修猷館五年生の漱石の授業評価に、共に「正則的」と記されているのが象徴的であると思う。どちらの授業も漱石が「中学改良策」や「GENERAL PLAN」で理想とした、英語の音声面から入り日本語に訳すことに拘泥しない教授法に合致していた。しかも、英語の授業を会話、文法などと分離せず、できるだけ融合させようという試みを両方ともしている。これは後に漱石が非常に強調した点でもあった。

それでは、どんな教師がこのような授業を行っていたのであろうか。この点に関して漱石の報告書には、佐賀中学二年生担当の教師について「平山氏（永ク洋人ニ就テ学ビタル人）」、修猷館五年生の担当教師について「小田氏（同志社卒業後米国ニ遊学セル人）」と記載されているだけである。だが幸いなことに、原武哲の綿密な調査によって、我々は今日この両名の経歴を知ることができる。

それによれば、「平山氏」は慶應義塾正則科卒の平山久太郎で、佐賀中学で教鞭を執る前に十人近い英米人から英語の指導を受けていたという。漱石がなぜこのことを知っていたのかは不明だが、平山の授業内容に感心し、その経歴を誰かに尋ねたのかもしれない。またこの後二人は何度か接触があり、漱石は平山の東京近郊の中学校への転任を友人の狩野亨吉《かのうこうきち》（哲学者、後に一高校長）に依頼している。その手紙を読むと、漱石の平山への好意が伝わってくる。

性質学問は深く存じ候はざれど佐賀では大に評判よき人に候右御含迄申添候

（明治三十二年十月九日付）

漱石の面倒見のよさが、弟子ばかりでなく誰に対しても当てはまるものだったことがわかるし、これ以前には第五高等学校の教師にも推挙していたくらいだから、平山の力量を高く評価していたのだろう。ちなみに、平山は明治三十三年、宮城県第二中学に転任したようだが、漱石の口利きによるものかどうかはわからない。

次に「小田氏」は同志社英学校卒の小田堅立で、漱石の報告書にある「遊学」とは、原武によればアメリカのオブリン大学選修部で二年三か月学んだことを指す。漱石は小田の四年生に対する和文英訳の授業も参観し、こちらも教師がほとんど日本語を使わず、また生徒もできるだけ英語を用いようとしていることを賞賛している。

ここで改めて平山と小田の経歴を見ると、私学出身であることと、外国人に直接指導を受けた豊富な経験を持つことが共通している。とりわけ後者は、明治の日本人教師が自信を持って正則英語を教える上での必須の条件と言えた。そして、それは現在の中等教育における英語教師にも等しく当てはまることなのである。さらに一歩進んで、今後コミュニケーションの手段としての英語の重要性が一層高まってくると、留学経験のない英語教師は通用しなくなると言っても過言ではない。なぜなら、意思伝達手段のための英語こそ、それが生活の中で使われている英語圏の国で一定期間暮らさなければ、「生きた」ものにならないからである。

しかし、中等教育に携わる英語教員が海外研修できる機会は今日でも限定されている。オーラル・コミュニケーション重視を標榜しながら、これは行政の怠慢以外の何ものでもない。現行の英検の二次試験は、準一級までは日本人の試験委員によって音声面のチェックがなされているが、近年海外での生活経験が長い受験生から、試験委員の発音やイントネーションなどに対するクレームが増えているらしい。その他、外国人と話した経験の乏しい英語教師が、ネイティブ・スピーカーと同じ教室で教えるチーム・ティーチングの授業をやらされてノイローゼになったり、帰国子女に発音をバカにされたりする話を聞くにつれ、教える教師も習う生徒も実にお気の毒だと思う。

冷淡ナルガ如シ

次に漱石の評価が低かった授業を挙げる。

（1）佐賀中学四年生の訳読の授業

a、教授法

教師は生徒に数行の英文を音読した後で訳させ、それから説明する手法を採っていた。

b、漱石の評価

漱石は、教師も生徒も英文和訳にのみ力を入れ、音声面に注意を払っていないことを批判した。さらに単語や熟語の暗唱をやらないことも指摘している。

（2）明善校一年生の訳読及び綴方の授業

a、教授法

最初に単語の発音と意味を復習し、それから和訳をするが、「彼ガ彼ノ顔ニ於テ落チシ」といった直訳をした後で意訳を試みていた。従って音読・直訳・意訳の三段階を経て、日課が終わることになる。

b、漱石の評価

漱石はずばり一言で、「生徒教師共ニ正則的方面ニ於テ冷淡ナルガ如シ」と評している。

先の高く評価した授業と正反対で、漱石が辛い点をつけたのは、英語を訳すことにのみ主眼を置いた変則教授法による授業であった。漱石は他にもこうした授業に対しては、「注意スベキハ生徒ノ発音ヨカラヌコトナリ」といったように手厳しく記している。驚くのは、佐賀中学四年生の授業の「教師は生徒に数行の英文を音読した後で訳させ、それから説明する」という教授法が、現在の中学校でも主流だということである。この現状を漱石先生が見たら、さぞやお嘆きになるに相違ない。

漱石はこの報告書で、一般によい評価をした授業の教師は実名を挙げ、批判した授業の教師の多くは某氏と書いた。これについて原武は、厳しい批評を書いた場合はその教師の名誉のために特に名を秘したのであろう、と鋭い指摘をしている。漱石が名を伏せたこれらの教師の何人かは、原武の調査によって人物が特定されている。そうした教師の中には先の平山や小田と同様に慶應義塾や同志社の卒業生もいたが、いずれも留学経験はなかったし、恐らく平山のように日本で特別に外国人から指導を受けたことも少なかったと思われる。彼らが正則英語を教えられなかったことには、彼らなりの事情があったのである。

和訳の壁

また、この「福岡佐賀二県尋常中学参観報告書」では、佐賀中学三年生の『正則文部省英語読本』を用いた訳読の授業について、「会話読本ヲ用ウルニモ関セズ其使用法ハ毫モ会話読本ノ用ヲナサヽルガ如シ」とあるのが興味深い。というのも、これこそ『正則文部省英語読本』が優れた教科書でありながら、中学生の英語力向上に資するところが少なかった大きな原因だからである。『正則文部省英語読本』は、英語のタイトル Mombushō Conversational Readers が表すように会話形式を重視する本で、漱石も「会話読本」と呼んでいる。だが、それは正則的に英語を教えるためのいわば当然の形式であり、外山自身は「会話」の授業の教科書を編纂する意図は全くなかった。と言うよりも、外山は英語の授業を「訳読」とか「会話」というようにわけること自体にそもそも反対であり、『正則文部省英語読本』も当然「会話」の授業のためではなく、正則英語の名の下に、有機的に一体化した英語の授業を目的として編まれた本と考えられる。

この本が会話の授業専用のものでないことは、中学校の教育現場でも理解されていた。それは『正則文部省英語読本』が訳読の授業にも使用されていたことからわかる。しかし、外山の理想とした有機的に一体化した英語の授業はほとんど実施されなかった。特に訳読の授業は会話や文法とわけられているのが普通で、例えば漱石が高く評価した平山の授業課目は「会話作文文法」となっているものの、やはり訳読は含まれていない。そうなると、教師にしてみれば訳読の授業をしているのだから、どうしても「日本語に訳す」ことを意識の中心に持ってこざるを得なくなり、ここに『正則文部省英語読本』を使う教師の大きなジレンマがあったものと推察できる。

恐らく、中学校の教師は好んで外山の唱える教授法に反していたわけではなかろう。それは佐賀中学三年生の授業について、漱石が「四年級ヨリモ少シハ発音等ニ注意スルガ如シ」と分析していることからもうかがえる。彼らも努力はしていたけれども、音声面にばかりこだわっているわけにもいかなかったのだ。漱石もこの点を斟酌したのか、発音などに力を入れないのは「他ニ会話ノ時間アリテ之ヲ補フガ為カ」と救いの手を差し伸べている。

さらに教師にとって深刻だったのは、生徒が音声面の学習に一般的に無関心だったことで、漱石は頻繁に「冷淡ナルガ如シ」という表現を使っている。これはもちろん、彼らにとって英語を学ぶ主たる目的は、英語を用いて外国人とコミュニケーションを取ることよりも、本に書いてある内容を理解することだったからである。英文理解のためにも音声から入るほうがよいのだ、などという認識は生徒には全然なかったに違いない。このような状況下で、まして自分の英語力もおぼつかない教師が『正則文部省英語読本』を「正則的」に使いこなすことは、もとより極めて困難なことであったと思う。

生徒への講演

ところで「福岡佐賀二県尋常中学参観報告書」には、佐賀中学での授業参観の前に「依頼ニヨリ英語ニ関シテ一場ノ談話ヲナセリ」との記載がある。この「談話」の内容も長らく不明であったが、最近になって、雑誌『文学』(平成十二年一・二月号、岩波書店)に新資料として紹介された。それによれば、この新資料発掘は宮原賢吾氏の教示によるもので、佐賀中学栄城会の雑誌

『栄城』第三号（明治三十年十二月）に「夏目教授の説演」のタイトルで掲載されたらしい。

漱石の講演が生徒対象であったのは、この文章の冒頭に「校長より、生徒諸君に向ての演説を請はれたるにより……」とあるから間違いない。漱石が中学生に、しかも英語学習について語ったものは他に絶無であり、その英語教育論を考える上で重要な資料である。

漱石は、まず講演の中で「予か此度出張の原因は、生徒の英語に於ける成蹟好からさるにあり」と述べており、「学術研究ノ為メ福岡佐賀両県へ出張ヲ命ズ」という第五高等学校から受けた辞令の具体的な目的を明らかにした。そして、なぜ中学生の英語力が落ちたのか、をいろいろと説明しているのだが、その内容は後述の「語学養成法」で語ったことと同趣旨である。おもしろいのは、次に生徒に英語学習の必要性を説いているところで、そこで漱石が強調したのが「立身出世」であった。

　諸君は卒業後、当県を去て天下に出て、所謂轡《くつわ》を並へて中原に馳すと云ふ、大競争場裡に出入し、鹿を争ふの人々なり（中略）若し後れを取ることもあらんには、啻《ただ》に諸君の面目を汚すのみならす、当藩当県の不名誉なり

なんとも時代の違いを感じさせる言葉ではあるが、この頃の英語学習の意義づけの難しさが感じられる。さらに漱石は、生徒が英語を学ぶ上での重要ポイントを順次説明し、結論を以下のように導く。これを読めば、「中学改良策」以来の漱石の持論が、ここでも開陳されていることが

わかる。

諸君は一字〳〵を忽《ゆるが》せにせす、読易き本を熟読して、単語、熟語、発音、揚音、綴字、等を知る一挙両得の法を用ひ、難本を見るを措かさるへからす

そして注目すべきは、講演の最後に漱石が時間を気にしつつ、再び「読方、発音、揚音」、即ち音声面の諸注意を、具体的な単語を例に挙げて行っていることであろう。これこそ、漱石が当時の中学生に最も伝えたかったのは、やはりこの方面の学習の大切さだった、ということの現れだと思う。

独立国家のアイデンティティ

漱石のまとまった形での最後の英語教育論は、明治四十四（一九一一）年一・二月に雑誌『学生』に発表された「語学養成法」である。教職から離れ、英語教育に関してもいわば部外者となった漱石の考えを知る上で興味ある資料と言える。しかも談話ではあるが、漱石自身が原稿に手を入れているので、その内容は漱石の真意を正確に伝えるものと評価できよう。

漱石は「語学養成法」の冒頭で、学生の英語力の低下を指摘する声を聞くが、それは自分が教えていた時にも実感していたことであるとし、その原因を二つ挙げている。その第一は、漱石の

言葉を借りれば「日本の教育が正当な順序で発達した結果」であった。これについて、漱石はまず自分の時代に学生の英語力が高かった原因を説明している。

吾々の学問をした時代は、総ての普通学は皆英語で遣らせられ、地理、歴史、数学、動植物、その他如何《いか》なる学科も皆外国語の教科書で学んだ（中略）従つて、単に英語を何時間習《おそ》はると云ふよりも、英語で総ての学問を習ふと云つた方が事実に近い位であつた。即ち英語の時間以外に、大きな意味に於ての英語の時間が非常に沢山あつたから、読み、書き、話す力が比較的に自然と出来ねばならぬ訳である。

第一章で見てきたように、漱石は学生時代に自然科学の答案も英語で書いており、さらに答案の英語についても、その担当教師から添削がなされていた。つまり、学生は「英語」という授業の時間だけでなく、他教科を学ぶ際にも英語力を高めることができたわけであり、これが学力向上の大きな要因であったことは容易にうなずける。

しかし、漱石はこのような教育方法を肯定しているわけではなかった。なぜなら、独立した国家ということを考えると、こうした教育は一種の屈辱だからである。漱石は「日本の Nationality は誰が見ても大切である。英語の知識位と交換の出来る筈のものではない」と考えていた。従って、国家存立の基盤が堅固になるにつれて、英語による教育が衰えてきたのは、妥当かつ当然のことだと漱石は述べている。

実は、鎖国を解き、欧米列強と肩を並べる近代国家形成への道を歩んだ明治の日本にとって、独立国家としてのアイデンティティの確立は最も重要な問題であった。そしてそれは時の政府のみならず、多くの国民とりわけ知識人にとっても願いとするところであり、もちろん漱石が国家主義思想であったなどということではない。言語が国の独立性にとって必須の要素であることは、逆に植民地や占領地の言語を抹殺しようとした人類の過去の行為からも明白であり、次の世代を担う若者を母国語で教育できないことへの危惧を漱石も抱いていたのである。もっとも、英語以外のすべての教科を、日本人が日本語の教科書で教えるのが当たり前の時代にいる私たちには、漱石の言葉の重みを理解するのは難しいのかもしれない。

外国語の抑圧

日本語での教育が進むほど、英語に接する時間が減り、英語の学力が落ちるのは自明のことである。それに加えて、漱石は学生の英語力低下の第二の原因として、国の英語軽視の政策を挙げている。

確か故井上毅氏が文相時代の事であつたと思ふが、英語の教授以外には、出来る丈日本語を用ゐて、日本の Language に重きを措かしむると同時に、国語漢文を復興せしめた事がある。(中略)此の人為的に外国語を抑圧したことが、現今の語学の力の減退に与かつて力ある事は、余の親しく目睹《もくと》した所である。

ここに書かれた井上毅《こわし》の文相時代は、明治二十六（一八九三）年三月に始まる。教育勅語の起草者の一人として知られる井上は、森有礼が奨励した外国語重視の教育方針を改め、国語を尊重する政策を打ち出した。そしてその顕著な例が、明治二十七年の「尋常中学校ノ学科及其程度」の改正であった。そもそも、この「尋常中学校ノ学科及其程度」は森文相時代の明治十九年に定められ、そこでは英語は第一外国語として五年間で週二十九時間、第二外国語のドイツ語かフランス語は七時間の授業時間数とされていた。それが明治二十七年の改正で第二外国語は廃止となり、「国語及漢文」の時間は五年間で週二十時間から三十五時間に激増したのである。

ただ井上が国語尊重論者であったのは明白だが、決して単なる外国語弾圧論者でなかったのは、明治二十七年の改正で第一外国語の英語の授業時間数も、週三十四時間に増えていることからわかる。井上が第二外国語を廃止したのは、生徒の外国語学習の負担軽減と学習効果を考えたからであり、余った時間については国語と共に体育教育の充実にあてることを意図していた。井上が体育教育充実を考えたのは、E・ベルツのアドバイスに基づくものであった。

井上は汽車の中でエルヴィン・ベルツから日本の教育の欠陥を指摘された。ベルツは、明治九年東京医学校に生理学兼内科医学教師として招聘されて以来、日本の医学教育に大きな貢献をしてきた人である。彼によれば「日本の生徒は勉強する割合に体育運動が足らぬ、卒業すると命を殞《おと》す人が沢山有」り、井上はそのとおりだと思った。（中略）そこで井上は外国語の授業時間を減らし、講義をできるだけ日本語で行うことによって、この教育上の欠陥を改めようとした。

（『資料日本英学史2　英語教育論争史』）

偶然にも、井上が文部大臣に就任する前年に書かれた「中学改良策」の中で、漱石はこの第二外国語と体育教育について言及している。そして「高等中学校でドイツ語を学んだが何も覚えていない」とか「体操は一週数時間しかないので、身体は充分に発育できない」というくだりを読めば、漱石の考えが実は井上の政策に近いことがわかるのである。

思うに、「森有礼―外国語教育奨励、井上毅―外国語教育抑制」という従来から言われている図式は、なるほどドイツ語やフランス語などのいわゆる第二外国語についてはその通りだが、英語については単純にそう言い切れない部分が多い。漱石が指摘する通り、明治開国から四半世紀を過ぎた日本で、外国語以外の授業を英語でなく日本語で教えられるようになったのは、日本の教育が正当な順序で発達した結果であった。そうした時代にあって、井上が国語と体育の教育を重視したり、語学以外の授業で英語を用いない方針を打ち出したこと自体は間違いとは言えないであろう。事実、井上文相の時代から十年後のベルツの日記によれば、医科大学卒業生の体格は飛躍的に向上したという。

もっとも、教育勅語の起草メンバーの一人であった井上が、国語漢文復興を通した民族意識の高揚を強く意識していたことも、その書き残した文章から否定し得ない。折あたかも何度も不調に終わる条約改正問題から、極端な欧化主義に対する反動が表面化する時代で、条約改正に取り組んでいた大隈重信外相が対外硬派の青年に襲撃されたのはこの数年前であった。

こうして見ると、漱石が書いた「故井上氏は教育の大勢より見た前述の意味で、教授上の用語の刷新を図つたものか、或は唯だ『日本』に対する一種の愛国心から遣つたものか、その辺は何れとも分らない」の答えは両方とも正しいということになろうか。ともあれ、その時々の日本を取り巻く国際情勢によって、欧化主義と国家主義の一方が尖鋭化する政府や国民の複雑な感情と、井上の文教政策があいまって、外国語学習熱が冷めたのは事実である。

漱石は井上が文部大臣になった明治二十六年、帝国大学文科大学を卒業して大学院に入学し、十月からは高等師範学校の英語嘱託となったので、この当時の英語教育の停滞を肌身で感じることになった。さらに、同じ時期に出講していたとされる「国民英学会」(実用英語と英文学を教える目的で神田錦町に設立された各種学校)で、漱石は国民の英語離れをより強烈に印象づけられたと思われる。と言うのも、この時期私立の英語学校が次々と倒れたからである。従って、「語学養成法」に「現今の語学の力の減退に与かつて力ある事は、余の親しく目睹した所である」とあるのは、高等師範学校と国民英学会の両方での経験を指していると考えるのが妥当であろう。

教師の試験

こうした自己体験を踏まえ、漱石は自らつぶさに見てきたこの明治半ばの英語教育停滞のツケが、明治後半の教師の質に回ってきていると感じていた。これを改善するために「語学養成法」で最も強調されたのが教師の養成であった。漱石は「話す、書く、読む、訳す」の各方面に亘ってある程度の力のある教師でなければ、すべてのことが一通りできる生徒を養成することはできないとし、井上の政策で頓挫した英語教育を受けた教師に、そんな力のある者が果してどのくらいいるのかと疑問を呈している。

確かに実態はまさに漱石の指摘している通りで、外山正一の『教育制度論』(冨山房)によると、中等教員になるための英語検定試験合格者の英語力は、英文和訳・和文英訳・文法・書き取りのいずれも極めて不満足なものであったという。漱石はこうした現状に鑑みて、英語教育の刷新には新しい教師を作るしかないとして、具体的にその方法を挙げている。それは大学の英文科進学希望の生徒を第一高等学校の一つの組に集め、将来の英語教師養成の特別クラスとすることであった。

このアイディアの背景にあったのは、大学で外国文学を学んだ者の多くが教師になっているという実情である。また「中学改良策」の時と同じく、漱石は学者やその卵が教師としての適性を持つとは限らないと考えていた。「教師として不適当でも学者にはなれる」という言葉には、自らの教師経験を振り返った自嘲の思いが込められている気がする。

さらに、「中学改良策」では教員研修が取り上げられていたが、漱石は「語学養成法」において、既に教師となっている者に対して定期的に試験を課すという新しい考えを打ち出している。

私は全国の中学の英語教師の試験を時々文部省でしてやつたら好からうと思ふ。（中略）兎に角二年に一度位づゝ成績を取つて置いて、これを校長の報告と比較し、色々考へ合はして昇級増俸の道を講じてやる。爾《さ》うしなければ中学の教師をして、勉強しやう抔といふ気は、丸でなくならして仕舞ふ。生徒も不幸である、本人も気の毒である。

英文科の生徒を一校に集めることも、英語教師に試験を課すことも、斬新な発想ではあったものの、その後の教育現場で実現することはなかった。前者について言えば、高等師範学校の制度が整備されてきた中で、英語の教員養成のために一つの高等学校に特別クラスを設けることは、そもそも受け入れられるはずもなかった。それに「中学改良策」で教員資格として高等師範学校卒も認めていた漱石が、「語学養成法」で師範学校に全く触れていないのはなぜであろうか。あるいは、高等師範学校での自らの教師経験が影響していたのかもしれない。

さらに「教師の試験」ともなると、漱石以外にも提唱した人はあまたあれど、現在に至るも机上の空論で終わるのが常である。漱石はこの試験を実施する付加価値として、試験官が普段から各地の英語教師と気脈を通じて、英語に関する情報交換や質疑応答などの交流を図ることを考えていた。だが現実には、いつの時代も「先生と呼ばれる人間が試験されるなんて」という教師なる人種の不思議なプライドと、能力給の是非の問題が立ちはだかるのであった。

もっとも、経済不況の下で産業界に厳しいリストラの嵐が吹き荒れている昨今、学校だけが競争のないぬるま湯的な世界であってよいのか、という批判の声が社会で高まりつつある。そして、少子化時代の生き残りをかけた私立学校の中には、日教組が「教職の独自性」を口実に長年激しく反対してきた教員の勤務評定を、企業並に大胆に取り入れるところも出てきた。従って二十一世紀には、部分的にせよ漱石の理想が適えられる可能性もあると思う。

オリジナル教科書

次に教師の問題に引き続いて、「語学養成法」で漱石は教科書の問題に触れている。漱石は、中学生は知らなくてもよい単語ばかり覚えていて、必要な単語は覚えておらず、その原因は教科書が整備されていないからだと主張した。

> 普通英吉利人はどれ程の単語を知つてゐるかと云ふに、極めて僅少のものである。日本の中学生は彼等の知らぬ字を却つて知つてゐる。

こう言い切るのは英国留学での実体験があったからで、それは留学中に友人に宛てた手紙からもわかる。

> 此女将軍（漱石の下宿の女主人。元女学校の校主。—筆者注）の英語たるや学校の主幹たりし丈にわるくはなけれども決して上品にあらず且六ヅかしき字抔は知らず会《たま》に俗に用いない字を

使ふと「アクセント」や発音を間違へる此方の言語がムヅカシクて分らなくても日本人に聞ては英国婦人の品位が落ちると云ふ様な顔で知たふりで通す頗る憐れな奴だ

（明治三十四年二月九日付、狩野亨吉・大塚保治・菅虎雄・山川信次郎宛）

そして漱石は、文部省が中学校の英語教科書を作る必要があるとした。これは「中学改良策」でも主張されていたことである。ただ教職経験を積み、英国留学を体験した漱石は、この教科書の具体的な内容について前回より詳細に述べている。漱石によれば、理想の教科書とは一年から五年を通じて、普通の英国人がわかる文字と事項を万遍なく割り振ってあるもので、これを作るためには外国の新聞を資料とするのがよい。例えば、「ロンドン・タイムス」や「デイリー・メール」の一月一日から十二月三十一日までに出てくる文字と事柄の統計を取り、どの字句と事柄が比較的重要かを知り、それを組織立てて教科書を編纂するというのである。

この考えが漱石のオリジナルなのかどうかは不明だが、英国留学の経験が生かされた発想なのは疑いない。ただ発想そのものはユニークであるにしても、漱石の言う統計を取るのは膨大な手間のかかる作業だし、正確なデータを得るためには数紙を調べる必要があろう。またより根本的な問題としては、ネイティブ・スピーカーの読む新聞の語彙や内容を基礎データとするのが、英語を母国語としない日本人用の語学テキスト作成のために果して適当なのか、という議論も出てくる。結局のところ、漱石の提案する方法による教科書は、少なくとも「国定」で作られることはなかった。

会話力養成はいずこ

ところで、教科書の問題に漱石の留学経験が反映されているのを見るにつけ気がつくのは、「会話力の養成」について「語学養成法」で全然言及されていないことである。漱石がコックニーに苦労したことは第一章で触れた。そこで二年間の留学期間ではとうてい英語を話すことは満足にできないと悟った漱石は、狩野らに宛てた手紙でこう記している。

日本人は六づかしい書物を読んだり六づかしい語を知つて居るが口と耳は遥かに発達して居らん（中略）内地雑居の今日口と耳がはたらかないと実用に適しないのみならず大に毛唐人に馬鹿にされるよ

（明治三十四年二月九日付）

「内地雑居」とは外国人の居住区域が制限されなくなったことを指す。つまり、それだけ外国人と接する機会が増えるから、英会話ができないとばかにされてしまうと言うのである。さらに漱石は、優秀な日本人は多いが、英会話が下手なばかりに外国人から学問も会話くらいしか発達していないと思われているとして、次のように書いている。

此を改良するのは大問題だ到底僕抔には考へられない恐く今の日本の有様では何人も名案は

あるまい然し少しでも善き方に進ませるが教育者の任である「語学養成法」は既に教壇を去った後の談話なので、漱石に「教育者の任」を期待するのはもう無理である。だが、英国留学から帰った直後の漱石の教授法においても、会話力強化の方向で「少しでも善き方に進ませる」ことには概して無関心であった。そして漱石のみならず、日本英語学界の黎明期の先導者となった井上十吉・神田乃武・岡倉由三郎らもまた、留学経験を持ち自ら会話能力にも秀でていたのに、日本人の英会話力向上に貢献することはほとんどなかったのである。もっとも、それで漱石たちを責めるのは酷と言うものだと思う。なにしろ、内地雑居どころか日本人の方からどんどん海外に出て行く今日ですら、いまだに我々の「口と耳は遥かに発達して居らん」のだから。

漱石の人間教育

教科書の問題に続いて漱石が指摘したのは「時間の利用」であった。これについて漱石は、外国語の授業時間数に制限があることを前提として、まず時間の許す限りやるという大原則を述べる。さらに、言語は「有機的統一」があるのだから、英語の授業を訳読・文法・会話とわけて独立させるのはよくないと主張した。それは漱石に言わせれば、「神経の専門家、胃腸の専門家、呼吸器の専門家を作るやうなもの」であった。漱石はなおも力説する。

根本的に云ふと文法は何時迄経つても恰度《ちやうど》幾何の Theorem のやうなもの訳読は其活用問題のやうなものであるから、文法を離れて訳はなく、訳を離れて文法はないものと合点しなければならない、高等学校へ入つて来る中学卒業生などを見ると、shall, will のことなどは喧しく云ふが、実際訳読をさせると妙な誤りをやる。彼等の頭の中には両者は全く独立して居る如く私には見える事があつた。これは大弊害である。

そこで漱石が主張したのが、一人の教師が一クラスの総ての英語の授業を担当することであった。これは先の外山正一の意見に近いが、過去の漱石の英語教育論に見られなかったもので、やはり自己の教職経験に基づく考えでもあった。例えば、愛媛県尋常中学校で漱石から学んだ真鍋嘉一郎（後に東大医学部教授。漱石の主治医で臨終に立ち会った）は、「わしに文法も何もかも時間を持たせれば、君等をもつと解るやうにしてやるのだが」と言われたという。また「福岡佐賀二県尋常中学参観報告書」で、佐賀中学二年生の会話作文文法の授業について「一時間内ニ在ツテ会話作文文法ノ三科ヲ教授スルハ諸科ヲ融合シテ打テ一丸トナスノ便利アリ」と評価しているのも、この主張と同趣旨である。

漱石のこの考えは、英語に限らず外国語教育において古くから問題提起されていることで、それ自体は斬新なものではない。そして現在の中学校での英語教育は、「有機的統一」という点ではかなり漱石の提言に近い形で行われていて、一冊の教科書に「読解・文法・作文・会話」が網羅されており、授業時間もそれぞれにわかれていないのが一般的である。さらに総授業時間数の減少もあって、一人の教師が一クラスを任される教員配置も広くとられている。

確かに、教師が優秀であればこの形態は語学教育の理想だと思う。しかし英語力・指導力共に劣る者にすべてを不十分に習ったがゆえに、「聞く・話す・読む・書く」のいずれも中途半端な学力しか身につかない悲劇も現実に多発している。高校で英語が苦手という生徒の話を聞くと、必ずと言ってよいほど過去に学校で「はずれ」と称される教員に習っていることは、特に指摘しておかなければならない。

「語学養成法」は時間に関する問題で終わりとなっている。ここで注目すべきは、この談話で漱石が「教授法」について、終始冷ややかな態度を示していることだと思う。まず漱石は「語学養成法」の前半で、「教授法」を「教師」「時間」と並んで英語教育における三つの改良点の一つと挙げながらも、「教授法は随分肝腎なものであるが、いくら細目が立派に出来てゐた所で、教授法自身が活動して呉れる訳でないから、よくそれを体得した教師が、十分の活用をして呉れなければ功果が揚がるものではない」とそっけない。

そしてなんと後半では、三つの改良点は「教師」「教科書」「時間」と変わってしまい、「教授法」は完全に無視されてしまうのだ。なるほど漱石が言う通り、教授法を生かすも殺すも教師次第である。ただ一方、「適当な教師さへあれば、教授法などが制定せられなくても、その行ふ所が自然教授法の規定した細目に合ふ訳である」では、現にそうであったように適当な教師不在の場合は、何らの指針を世に示すこともできない。長い教職経験を終えてたどり着いた結論をここに見るとすれば、それがそのまま漱石の英語教育論の限界であると思う。

こうして漱石の英語教育論を見てくると、漱石が終始変わらず重視していたのが、「教師の問題」つまり教師の質の向上であったことがわかる。これに関して出来成訓の「漱石の英語教育論」は、教授技術の問題のみを扱った英語教授法の著作がほとんどの時代に、漱石の英語教育論の特色は教師の問題を中心に据えていることだとし、漱石が英語を教えることを単なる技術論でなく、人間教育の一つととらえていたことを評価している。これは実に正鵠を射た指摘で、漱石の英語教育論の根幹をなすのは、まさに人物育成という極めて難しい責務を果せる教師の養成にあったのである。

思うに、自ら教師にこの厳しい義務の遂行を求めたがゆえに、教育者の適性がないと自認していた漱石は、絶えず教職から離れたいと願ったのであろう。漱石自身が「英語を教えるのはへきえきだ」といった発言を繰り返したこともあって、英文学に裏切られ、心ならずも生活の糧を得るためについた教職から、一刻も早くおさらばしたかったのだと一般には受け止められている。もちろん、それは「英語教師」を辞めたがった主たる理由の一つではあるに違いない。しかし同時に漱石は、ただでさえ教師の資質に欠ける自分が、そんないい加減な気持ちで教壇に立っていることに絶えず良心の呵責を感じていたのではないか。逆に言えば、それだけ漱石は、次代の若者を育てる教育という職業を真剣かつ真面目に考えていたのである。そして、いつも心に大いなる罪悪感を感じながら、漱石は長きに亘って、それでも必死に理想とする教育を追い求めたのであった。

第三章　英語教師夏目金之助（松山・熊本時代）

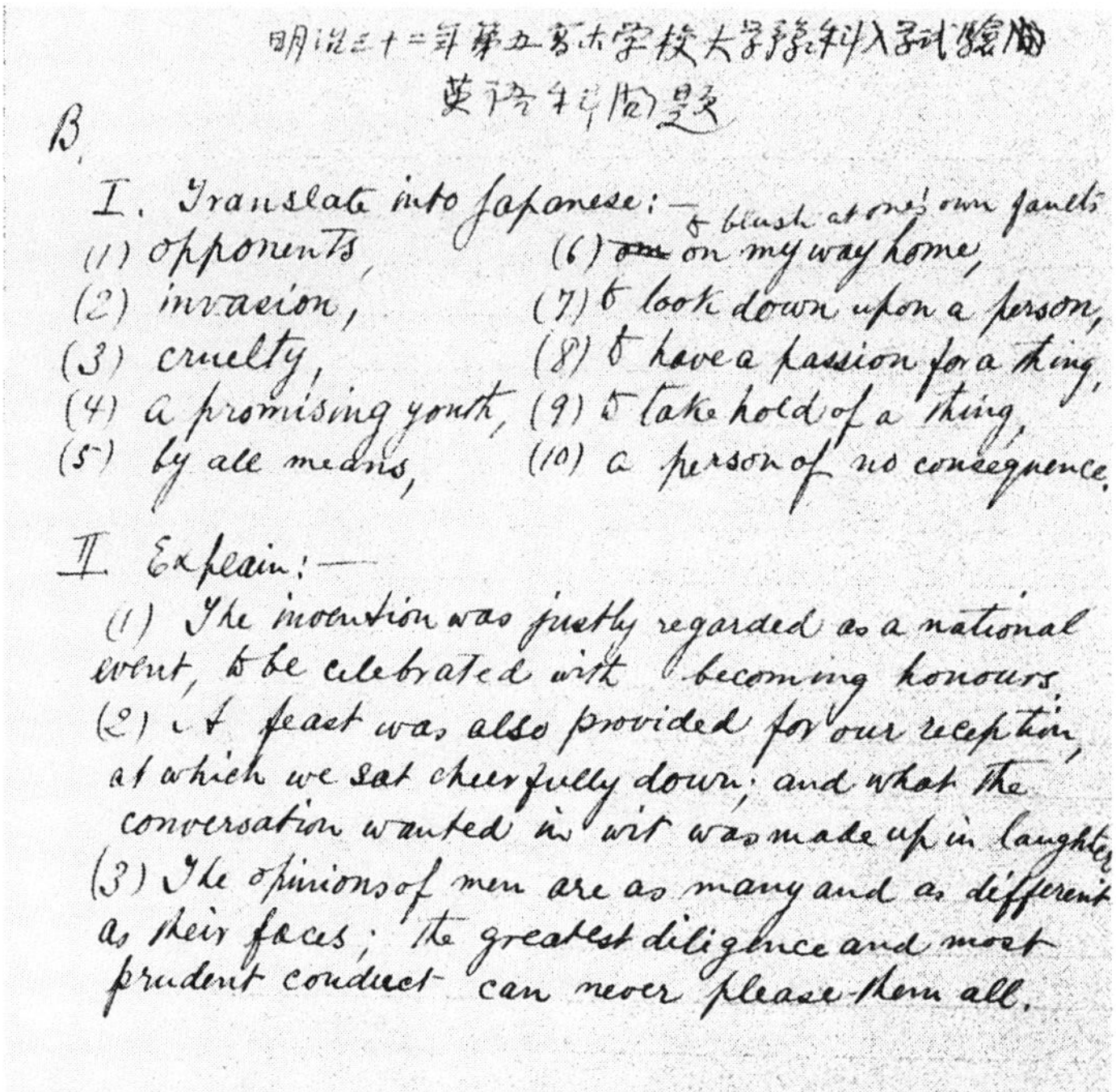

明治三十二年第五高等学校大学予科入学試験問題
英語科問題

B.

I. Translate into Japanese:—

(1) opponents, (6) ~~on~~ on my way home, [inserted above: to blush at one's own faults]
(2) invasion, (7) to look down upon a person,
(3) cruelty, (8) to have a passion for a thing,
(4) a promising youth, (9) to take hold of a thing,
(5) by all means, (10) a person of no consequence.

II. Explain:—

(1) The invention was justly regarded as a national event, to be celebrated with becoming honours.
(2) A feast was also provided for our reception, at which we sat cheerfully down; and what the conversation wanted in wit was made up in laughter.
(3) The opinions of men are as many and as different as their faces; the greatest diligence and most prudent conduct can never please them all.

漱石の作成した五高入試問題の草案
本文171ページ参照

明治二十八（一八九五）年四月九日午後三時、松山に到着した漱石は旅館城戸屋の「竹の間」で旅支度を解いていた。松山の地を踏むのは、三年前の八月、正岡子規をこの地に訪ねて以来である。そして、その時の宿泊先も城戸屋であった。

ここで漱石は茶代（心づけ）に十銭出している。上等の部屋でも一泊五十銭が相場の時代だから、破格の茶代と言えよう。次の日、漱石は最高級の部屋に移してもらった。このことは後に『坊っちゃん』にも出てくるくらいだから、漱石にも印象的な出来事だったのであろう。ただ、城戸屋が漱石の部屋をグレード・アップさせたのは、茶代だけが理由ではなかったようだ。『増補改訂漱石研究年表』によれば、城戸屋は新聞で、漱石が月給八十円の文学士であることを知ったという。

翌十日、漱石は愛媛尋常中学校で辞令を受け、新学期の授業に臨んだ。時に漱石二十八歳。校長より高い給与で迎えられた『坊っちゃん』の舞台での教員生活のスタートであった。

重なった線

漱石が初めて教師になったのは、第一高等中学校で落第した明治十九（一八八六）年の秋（九月頃）とされている。場所は現在の墨田区両国にあった私塾江東義塾で、漱石は次のように回想している。

丁度予科の三年、十九歳頃のことであつたが、私の家は素より豊かな方ではなかつたので、一つには家から学資を仰がずに遣つて見やうといふ考へから、月五円の月給で中村是公氏と共に私塾の教師をしながら予科の方へ通つてゐたことがある。

これが私の教師となつた始めで、その私塾は江東義塾と云つて、本所に在つた。

（「一貫したる不勉強」）

教育制度の確立していなかった明治前半には、英語・漢文などを教える私塾が各地に存在し、江東義塾もその一つであったと考えられる。漱石はここで何を教えていたのか。江東義塾をモデルにした文章が残っている。

中村と自分は此の私塾の教師であつた。二人とも月給を五円づゝ貰つて、日に二時間ほど教へてゐた。自分は英語で地理書や幾何学を教へた。幾何の説明をやる時に、どうしても一所になるべき線が、一所にならないで困つた事がある。所が込み入つた図を、太い線で書いてゐるうちに、其の線が二つ黒板の上で重なり合つて一所になつて呉れたのは嬉しかつた。

（「変化」『永日小品』所収）

何やら怪しげな教えっぷりではある。この頃の漱石はもうかなりの英語力だったが、それにしても英語で地理や幾何学を教えているのには驚かされる。漱石は既に十九歳ではあったものの、立場としては高等中学校の生徒であった。漱石が江東義塾で教えた塾生の年齢層は不明だが、現代では小学生相手の塾であっても、高校生が教えることはまずないことを考えると、教師の絶対数が不足していた時代を感じさせる。江東義塾での二時間の授業は午後に行われたから、高等中学校の学業には支障がなかった。漱石がどのような授業をしていたのかという点はほとんどわかっておらず、『永日小品』の文章では英語そのものを教えていたかどうかも推測は困難である。

漱石は約一年間江東義塾で教えた後、急性のトラホームを患い、ここを辞めて家から学校に通うことになった。この教師経験は、学費かせぎという目的や生徒という身分での授業、そしてまた短期間であったことなどを考えると、アルバイトに毛の生えた程度のもので、漱石の後の教職経験に与えた影響はほとんど無視してよかろう。

ただ、教職経験者ならば多くの人が賛同してくれるはずだが、初めて教壇に立った時の緊張や高ぶりは、いつまでも忘れられないものである。大作家となった漱石が、江東義塾の幾何学の授業で困ったことを鮮明に覚え、文章にしていることも、それと相通じるところがあるのかもしれない。

東京専門学校

次なる漱石の教師経験は、明治二十五（一八九二）年五月からの東京専門学校、すなわち現在の早稲田大学での講義であった。時に漱石は帝国大学文科大学英文学科の二年生である。今では、東大の現役の学生が早稲田大学で教鞭を執ることは絶対にありえないが、この頃はまだ東京専門学校は「大学」ではなかった。二十五歳になり、文科大学の特待生として俊英ぶりを発揮していた漱石は、当時の常識からすれば講師の資格十分だったのである。

漱石は当初、週二回東京専門学校に出講していた。担当したのは始めは専修英語科、後に文学科の講義で、専修英語科において使用した教科書はゴールドスミスの『ウェイクフィールドの牧師』である。この本は漱石が晩年になって、「即天去私」を表す作品としてJ・オースティンの『高慢と偏見』(Jane Austen : Pride and Prejudice) と共に挙げたもので、漱石の愛読書でもあった。さらに、『ウェイクフィールドの牧師』は前章の「GENERAL PLAN」で中学上級生の教科書に取り上げられており、教科書のレベルの点で「難解なものは使わない」という漱石の考えに合致していたと考えられる。

これだけ条件が揃うと、漱石が選定した教科書と考えるのが素直だが、実はこの本が前任者から引き継いだものであったことが、当時専修英語科で学んでいた綱島梁川《つなしまりようせん》（後の倫理学者）の日記からわかる。なお東北大学図書館の漱石文庫収蔵の『ウェイクフィールドの牧師』には、書き込みやラインの他に目印のカギかっこが見られる。東京専門学校の講義に使用した本なのであろうか。

一方、文学科で最初に使用した教科書も、前任者が教えていたミルトンの『アレオパジティカ』であった。第二章でも触れたが、この教科書で大変な苦労をしたことを漱石は作家になってから告白している。

丁度大学の三年の時だつたか、今の早稲田大学、昔の東京専門学校へ英語の教師にいつてミルトンの『アレオパジチカ』といふ六ケ敷《しい》本を教へさゝれて大変困つたことがあつた
（「僕の昔」明治四十年）

私は嘗て早稲田大学で、Milton の Areopagitica を先任教師から受継いで教へた事があつたが、何うも解らなかつた。解るやうで解らない。解らないながらも試《や》つてゐたのですから、当時の生徒は嘸《さぞ》迷惑した事と思ふ。（中略）今再び Areopagitica を教へる勇気があるかと問はれても矢張り苦しいでせうよ。
（「ミルトン雑話」明治四十一年）

『ウェイクフィールドの牧師』と『アレオパジティカ』以外に漱石が東京専門学校で使用した教

科書については、明治二十六年九月刊行の『早稲田文学』に「スウィントン文集（輪講）、ミルトン・バイロン・デクィンシイ（講義）」と記載されている。具体的な書名はこれではわからないが、バイロンとあるのは、漱石文庫に四冊も残っている『チャイルド・ハロルドの遍歴』(George Byron : Childe Harold's Pilgrimage) であろう。

またここで「デクィンシイ」とあるのは、T・ド・クィンシー (Thomas De Quincey) を指す。ド・クィンシーも漱石が注目していた作家で、特にその著書『阿片常用者の告白』(Confessions of an English Opium-Eater) は、熊本の第五高等学校でも教科書としていた。従って生徒の年齢が近いことを考えると、東京専門学校で教えたのも恐らくこれだと思う。なお『阿片常用者の告白』についても、書き込みのある本が漱石文庫に収蔵されている。

以上の教科書で漱石の教えを受けた生徒の講義についての感想は、ほとんど残っていない。評論家で新劇の指導者でもあった島村抱月は、漱石が東京専門学校在職中の生徒であった。だが、「私は個人的に漱石氏と会つたことは二度か三度だから、直接人としての漱石氏は知らない」（「初めから固定して居た人」）と語るだけで、講義の印象には言及していないようだ。漱石がその死を惜しんだ俳人の藤野古白（正岡子規の従弟）も同様である。また正宗白鳥は、岡山の郷里で東京専門学校の「規則書」を取り寄せた時に、漱石が英文学講師夏目金之助として出ており、「名前に興味があった」ために覚えていたという。ただし、白鳥が同校に入学した明治二十九年には既に漱石は退職している。

梁川日記

唯一、東京専門学校での漱石の姿を詳しく今日まで伝えているのは梁川の日記で、その意味においても実に貴重な資料である。梁川の日記に初めて漱石の名が登場するのは明治二十五年五月四日で、まだ漱石が何者なのか定かでない様子がうかがえる。

この日初めて余等クラスのビーカーの講師は文科大学の三年生と云ふなる夏目某と云へる人なるよしを聞きぬ。多分この金曜日より講義あるべしとの噂なり。

（『梁川全集第八巻　日記録』）

梁川は英語を得意として後年には翻訳も手がけたほどの人物だから、英語教師に対する批評は大変手厳しかった。例えば、漱石の前任者などは「渋滞なるその弁、不wなるその解、恰も直訳先生の講義を聴くがごとし」と一蹴されている。しかし、漱石の講義とその英語力に対して梁川は高い評価を与えた。

午後始めて新聘講師夏目氏のビーカーの講義を聞く。弁舌朗快ならず、講釈の仕方未だ巧みならずと雖も、循々として穏和に綿密に述べらるゝ処や、大西氏に似たるところありて、未だ全く麻姑掻痒の快を与へざれども、又その不明の雲霧を散ずるの感あらしむ。兎に角可なりの講師と評すべし。

（同前、五月六日）

氏は前に云へる如く這般大西先生が特に専門校に吹薦せられたる大学生徒にして大学内にても余程好評あるよしなるが、果せるかな「ビーカー」の講義は勿論、余が該講義の了りし後にてラボツク氏の著書中不審の点（而かも田原氏も曖昧に答へ大隈氏は解すること能はざりし不審）を尋ねしに別に躊躇もせず、いと平々然として意を解されしは誠に感服の至りなりき。

（同前、五月十一日）

ここで梁川が、漱石の講義を「穏和」で「綿密」と評していることを記憶しておきたい。そして漱石に対して尊敬の念を抱いた梁川は、さらに五月十三日と六月三日の日記で次のように記している。

この日夏目氏と帰途談話を共にし大に得るところあり。将来余は氏の益を得ることあるとの希望を生ぜり。

（同前、五月十三日）

この夜夏目氏を訪ひ十時ごろまで学術上色々なる談論をなし、余が前途の立身上有益なる談話を多く聞けり。

（同前、六月三日）

漱石が梁川とどのような談話をしたのか、何もわからない。ただ「将来余は氏の益を得ることある」とか「余が前途の立身上有益なる談話」という記述を見ると、漱石は梁川の将来の進路に参考となる話をしたらしい。梁川は日記に出てくるだけでも、何回か漱石の家を訪ねている。師弟関係の濃密さが今とは比較にならない時代であるにしても、まだ自らが現役の大学生でしかも非常勤講師にすぎない漱石が、自宅で夜遅くまで梁川の話し相手になっていたことは注目に値しよう。後に漱石が弟子の自宅訪問を厭わず、定例の「木曜会」ができ、数多くの逸材がそこから輩出したのは広く知られているが、「作家漱石」のはるか以前から漱石が教え子を大切にしていたことがわかる。

最初の挫折

梁川の日記を読む限り、漱石は東京専門学校で優秀な英語教師として歓迎されていたはずであったし、また本人もそのように思っていた。ところが、そこに親友の正岡子規から思いもかけぬ情報が舞い込んで来た。漱石に対する辞職勧告運動が学内で起こっているというのである。その子規の手紙に対する返事で、漱石は驚きの心情を述べている。

> 偖《さて》運動一件御書状にて始めて承知仕り少しく驚き申候（中略）小生の為めに此間運動抔致す程とは実に思ひも寄らずと存居候
>
> （明治二十五年十二月十四日付）

漱石は、週二日だった出講日を生徒の希望で三日にしたくらいだから、評判の悪い方ではないとうぬぼれていたのである。そこへこの情報が耳に入り、漱石は困惑しつつも辞職の決意を固める。

無論生徒が生徒なれば辞職勧告を受てもあながち小生の名誉に関するとは思はねど学校の委托を受けながら生徒を満足せしめ能はずと有ては責任の上又良心の上より云ふも心よからずと存候間此際断然と出講を断はる決心に御座候

さらに漱石は、辞職の旨を坪内逍遥に手紙で伝えるつもりだと書いている。子規はこの年の九月、漱石と一緒に逍遥を訪ね、それが縁で『早稲田文学』にも寄稿しているので、漱石に対する生徒の辞職勧告の動きを知ることができたのは、このルートによるのかもしれない（古白からの情報という説もある）。『増補改訂漱石研究年表』によると、漱石はこの手紙を書いた三日後の十七日に子規と会って、事実を確認したらしい。逍遥への手紙を出したかどうかは明らかでないが、漱石がここで辞職せず、明治二十八年三月まで東京専門学校で教えたとされていることから、結局思いとどまったと考えられる。

漱石への辞職勧告がどの程度現実性を帯びたものだったのか、今となっては不明である。ただ東京専門学校の生徒が玉石混交で、学校の体制も整っていなかったのは梁川の日記でもわかるので、梁川と違って出来の悪い者が漱石に反発を感じたのは不思議でない。従って、それが必ずしも漱石にとって不名誉というほどのことでなかったのは、本人の言う通りであろう。

だが大学卒業を翌年に控え、好むと好まざるとにかかわらず、英語教師になることが決定的であった漱石にとって、これは教師人生の最初の挫折であった。そして「学校の委託を受けながら生徒を満足せしめ能はずと有ては責任の上又良心の上より云ふも心よからず」という言葉に、強い責任感を持って教壇に立った漱石の原点を見る思いがする。

柔道の父への反発

明治二十六（一八九三）年七月、東京帝国大学文科大学英文学科を卒業した漱石は、十月から大学院生と英語教師の二足のわらじを履くための就職活動を開始していた。そこでまず候補に挙がったのが学習院である。これについて後に漱石は、学習院での講演で次のように語っている。


此私は現に昔し此学習院の教師にならうとした事があるのです。尤も自分で運動した訳でもないのですが、此学校にゐた知人が私を推薦して呉れたのです。（中略）教育者になれるかなれないかの問題は兎に角、何処かへ潜り込む必要があつたので、つい此知人のいふ通り此学校へ向けて運動を開始した次第であります。

（「私の個人主義」大正四年）

だがこれは事実ではなかった。漱石が自ら学習院への就職を希望したのは、「此学校にゐた知人」である立花銑三郎宛の手紙でわかる。

此際断然決意の上学習院の方へ出講致し度《たく》因て御迷惑ながら御周旋被下度

（明治二十六年七月十二日付）

しかし、学習院の教壇に立つためにモーニングまで用意したにもかかわらず、漱石に就職の口は回ってこなかった。漱石の言葉を借りれば「学習院の教師に落第」したのである。ちなみに、漱石を蹴落としたのは重見周吉なる人物で、イエール大学の理学部と医学部を卒業していたという。学習院が駄目になったので、漱石は他の学校を考えざるを得なくなった。そこでどういう就職活動をしたのか、「私の個人主義」で漱石は詳しく語っている。

私のやうなものでも高等学校と、高等師範から殆んど同時に口が掛りました。私は高等学校へ周旋して呉れた先輩に半分承諾を与へながら、高等師範の方へも好い加減な挨拶をしてしまつたので、事が変な具合にもつれて仕舞ひました。

ここで「高等学校」は漱石の母校でもある第一高等学校、「高等師範」は当時湯島聖堂内にあった高等師範学校のことである。本人の意思はともかく、結果的に二股をかけた漱石は、第一高等学校に斡旋してくれた先輩から叱責されたことで癇癪を破裂させ、両方とも断ることを考えた。ところが事態は急転直下、解決の方向に進んだのであった。

するとある日当時の高等学校長、今では慥《たし》か京都の理科大学長をしてゐる久原さんから、一寸学校迄来てくれといふ通知があつたので、早速出掛けて見ると、其座に高等師範の校長嘉納治五郎さんと、それに私を周旋して呉れた例の先輩がゐて、相談は極つた、此方に遠慮は要らないから高等師範の方へ行つたら好からうといふ忠告です。

先の学習院の件と違って、このやり取りはほぼ正確のようだ。もともと漱石自身が二股かけていたのだから、高等師範に決まれば、それはそれでうれしいはずである。なにしろ学習院に運動する前にも、先輩を通して高等師範への講師就職を打診しているくらいなのだから（この時は財政上の理由で困難とされた）。だが漱石はなかなか難しい人間であった。

私は行掛り上否《いや》だとは云へませんから承諾の旨を答へました。が腹の中では厄介な事になつてしまつたと思はざるを得なかつたのです。といふものは今考へると勿体ない話ですが、私は高等師範などを夫程有難く思つてゐなかつたのです。

駄々っ子のようではあるが、漱石が抵抗した理由はこの学校の設立の目的に関係があると思われる。すなわち、師範学校は言うまでもなく教員養成のための学校で、明治十九年の師範学校令の第一条但書で「生徒ヲシテ順良信愛威重ノ気質ヲ備ヘシムルコトニ注目スヘキモノトス」とされて以来、「徳性」を備えた教師の育成を目的としていた。ゆえに他の学校以上に、教える側にも聖職者たる高い倫理性や道徳性が求められたのは当然である。

ところが「中学改良策」で見たように、漱石は教師に「徳性」が必要なことを認めつつ、それが自分には欠けるとしていた。つまり教育者としての資格がないと思っていたところが、あろうことか最もそれを要求される学校に行くことになってしまったのである。さらに漱石を躊躇させたのは、皮肉にも初対面の折の嘉納とのやりとりであった。

外山さんは私を嘉納さんのところへやつた。嘉納さんは高等師範の校長である。其処へ行つて先づ話を聴いて見ると、嘉納さんは非常に高いことを言ふ。教育の事業はどうとか、教育者はどうなければならないとか、迚《とて》も我々にはやれさうにもない。(中略)そこで迚も私には出来ませんと断はると、嘉納さんが旨い事をいふ。あなたの辞退するのを見て益《ます》〳〵依頼し度《たく》なつたから兎に角やれるだけやつてくれとのことであつた。

(「時機が来てゐたんだ」明治四十一年)

これを読んで誰もが思い出すのが、『坊っちゃん』で主人公が校長に辞令を返す場面であろう。そこでは校長から「生徒の模範になれの、一校の師表と仰がれなくては行かんの、学問以外に個人の徳化を及ぼさなくては教育者になれないの」と「無暗に法外な注文」をされた坊っちゃんが、「到底あなたの仰やる通りにゃ、出来ません、此辞令は返します」と言って校長を慌てさせてい る。この題材になったのが、実は後の文豪と柔道の父の会話だったのであり、小説のような威勢のよさが現実の漱石の回想からは感じ取れないのがおもしろい。

馴染めなかった学校

ともあれ、漱石は十月から高等師範の英語嘱託となり、週二回の出講で手当てとして年四百五十円を支給された。漱石はこの学校で約一年半教えていたが、その間の英語教育の具体的な内容については驚くほど資料が少ない。漱石自身は全く語っていないし、生徒の側も多くは教師になったはずなのに、漱石に習ったことは忘れ去られた感がある。わずかに知られていることは、漱石が生徒のために外国の本を翻刻したことで、それはA・ヘルプスの『エッセイ』(Arthur Helps : Essays written in the Intervals of Business) であった。

どうやら漱石にとって、高等師範は最後まで馴染めない学校であったらしい。一度は嘉納に説得されたものの、場違いな学校に来てしまったという気持ちが漱石には拭いされなかった。

然し教育者として偉くなり得るやうな資格は私に最初から欠けてゐたのですから、私はどうも窮屈で恐れ入りました。嘉納さんも貴方はあまり正直過ぎて困ると云つた位ですから、或はもつと横着を極めてゐても宜かつたのかも知れません。然し何うあつても私には不向な所だとしか思はれませんでした。

（「私の個人主義」）

漱石の言葉を借りれば、「肴屋が菓子屋へ手伝ひに行つたやうなもの」だったのである。さらに、高等中学校時代に生徒の軍事教練を否定する英文を書いた漱石にとって、全生徒が寄宿舎生活を送り、軍隊さながらの訓練を受ける高等師範の体質も合わなかったと推測できる。

いずれにせよ、学生時代から自らの教育者たる資質を否定していた漱石にとって、高等師範での教師経験は、実体験の中でその自己分析を推測から確信に変える役割を果した。そしてこの後も、いつも「自分は教育者に適さない人間である」と考え、それを折に触れ口にし、さらには教育の世界から逃れようとし続けたのである。

なお高等師範と時期を同じくして、漱石は英語学校の「国民英学会」でも教えていたとされる。ということは、東京専門学校も含めて三か所で同時に教えていたことになるが、国民英学会での教師振りの詳細は一切不明である。

坊っちゃんの地

明治二十八（一八九五）年四月、高等師範学校と東京専門学校の職を辞した漱石は、親友菅虎雄の紹介で、アメリカ人教師C・ジョンソンの後任として愛媛県尋常中学校（現松山東高等学校、

当時の松山中学校と教師夏目金之助

以下松山中学）の嘱託教員になることを決意した。

漱石がなぜ松山に行く気になったのかは多くの研究者が推測しているが、ここではそれに立ち入らない。ただ先に述べたように、外国人教師の後任なので月給八十円という高給だったのが、理由の一つであるのは異論のないところである。ちなみに、松山中学の校長の月給は六十円、漱石とほぼ同時に赴任した数学の助教諭は二十円であった。いかに漱石が厚遇されていたかがわかる。

さて松山と言うと、やはり私たちには小説『坊っちゃん』のイメージが非常に強いが、『坊っちゃん』の名声が高まるにつれて、地元では登場人物のモデルがあれこれ取り沙汰され、漱石の同僚の中には迷惑した人もいた。例えば「山嵐」に擬せられた渡部政和は、善玉役であったにもかかわらず、『坊っちゃん』の最後に出てくる「赤シャツ」や「野だいこ」を待ち伏せて殴るような蛮行は絶対していないとし、生徒に尋ねられると「あんなことはみなウソじゃ」とかんで吐き出すように言い捨てたという（近藤英雄『坊っちゃん秘話』青葉図書）。

主人公の坊っちゃんにも、漱石以外のモデルとおぼしき人物がいる。だが、教師としての漱石と聞いて、すぐに坊っちゃんを思い浮かべる人は今でも多い。そこで、ここでは意識的に実際の漱石の教師振りと、坊っちゃんのそれを各所で対比させてみようと思う。なお、松山中学における漱石と坊っちゃんの主要な相違点をあらかじめ記しておく。

	漱石	坊っちゃん
年齢	二十八歳二か月	二十三歳四か月
学歴	帝大（現東大）卒	物理学校（現東京理科大）卒
身分	嘱託	専任（？）
教科	英語	数学
月給	八十円	四十円
在職期間	一年	約一か月

漱石が赴任した当時の松山中学の様子は、私たちが想像する田舎ののどかな学校のイメージとは全くかけ離れたものであった。

其頃の松中は、全くの乱脈時代で、地方の有志、県会議員などを後楯とした生徒の団体が無闇に威張り散らす、校長始め教員達は、其内部一致せず、外生徒の跳梁を奈何せんと云ふ有様であつた。

（山本信博「松山から熊本」）

漱石の最も古い門下生である松根東洋城《まつねとうようじよう》もこう振り返っている。

教師と生徒とは、よくごた〳〵してゐて、生徒は教師に中々心服しない、通り掛かる教師を綽名に呼び立てるなどいふ事はありふれた事になつてゐた（中略）一二松山出身の者をのけては教師は何等畏敬の念を以て迎へらるるどころか「余所者」としては生徒の為に翻弄せらるゝ者が多く面白くない風習であつた。自然師弟の関係の温かい少《ママ》などゝいふ所は至つて少なかつた。

（「先生と俳句と私と」）

睾丸の英訳

小説の坊っちゃんは、まさにこうした環境で生徒と問題を起こしたり同僚教師と衝突した。漱石はと言えば、ご多分に漏れず、あばたが多かったことから生徒に「鬼がわら」というあだ名をつけられたが、しかし、すぐにその学問と識見の高さは彼らを圧倒した。

先生の人格と学識との光は、直に生徒を圧服し去つて、誰一人先生を謳歌せぬ者は無い様になつた。（中略）当時卒業生中の腕白者数名が、新米先生を冷かしてやらうぐらゐの意味を以て、先生の下宿を訪問したが、僅に三十分か一時間の談話中に、何か知らん感心させられてしまつて、虎の如くにして往つた者が、猫の如くになつて帰つて来た事もあつた。

（「松山から熊本」）

後に松山市商業会議所の会頭になった山本義晴は、漱石に「睾丸を英語で何と言うのか」と尋ねたところ、即座に「テスチクル（testicle）だ」と答えられて驚き、以来この単語を忘れないと語っている。坊っちゃんが生徒の持ってきた幾何の問題を解けず、「出来ん〳〵」と囃したてられたのと誠に好対照である。

また、ある生徒が漱石の訳に対して「辞書に違った訳があります」と質問したところ、「そんなウソが書いてある辞書は直しておけ」と漱石は答えた。辞書ほど偉いものはないと思っていた生徒は度肝を抜かれ、「辞書を直す先生」ということで、漱石の評判は瞬く間に高まった（「漱石氏と字引」）。さらに、医師として漱石の臨終に立ち会った真鍋嘉一郎は、「作文なぞも実に叮嚀に熱心に直して下すつた。しかも他の教師とはちがひ、教授には充分余力を余してゐる事がわかつたため、生徒は全く先生に感服して了ひ、私なぞも大惚れに惚れて了つた」（「夏目先生の追憶」）と回想している。

このように抜群の英語力を武器に、漱石は田舎の悪がきどもを圧倒した。だがそれと同時に、文学士という肩書きと校長も上回る給料が、無言の権威付けになっていたのもまぎれもない事実である。当時松山中学には、学士は漱石の他には教頭の横地石太郎（理学士）と英語の西川忠太郎（農学士）だけで、二人の月給はそれぞれ六十円と四十円であった。

また、外国人の代わりに嘱託の身分で赴任した漱石は担任を持たなかったし、宿直などの学校業務も免除されていた。坊っちゃんは校長の「狸」と教頭の「赤シヤツ」が宿直を免除されていることに対して、「面白くもない。月給は沢山とる、時間は少ない、夫で宿直を逃がれるなんて不公平があるものか」と憤っているが、現実にはまさに漱石がその待遇だったのである。

従って、坊っちゃんは宿直の夜に生徒にイナゴを寝床に入れられたり、二階から床板を踏み鳴らされたりしているが、こんなことは漱石にはそもそも起こり得なかったのであり、実際には別の教師がやられたことであった。ただ、小説の中でも印象的な「バッタ」と「イナゴ」の論争は、漱石自身の体験だったようだ。

またあるとき英語の時間に、教室で偶然にイナゴが教壇のあたりを飛んでいたので生徒が笑った。漱石はそれを見てなんだバッタかといった。お婆あとあだ名されている生徒がおせっかいにも、「先生、それイナゴですゾ。」といった。漱石はイナゴもバッタも同じだろうと言い返すと、「先生バッタとイナゴは違うぞナモシ。」と大まじめに説明をした。（『坊っちゃん秘話』）

温泉好きの漱石

ともあれ何にせよ、生徒の方も初めから漱石は別格扱いで、「あんない、先生が松山なぞへ来たのは、道後の温泉がある故、保養旁々《かたがた》教鞭をとるに過ぎまい」(「夏目先生の追憶」)などと話していた。この噂は案外的を射ていたようで、漱石は友人の狩野亨吉に次のように書き送っている。

道後温泉は余程立派なる建物にて八銭出すと三階に上り茶を飲み菓子を食ひ湯に入れば頭まで石鹼で洗つて呉れるといふ様な始末随分結好に御座候

(明治二十八年五月十日付)

この温泉好きは数少ない漱石と坊っちゃんの共通点で、『坊っちゃん』にも「温泉は三階の新築で上等は浴衣をかして、流しをつけて八銭で済む。其上に女が天目へ茶を載せて出す」と、ほとんど同一の記述が見られる。

そして漱石は、職員室においても、一人違う世界にいるかの如き泰然自若とした態度であった。

当時教員室に於ては先生は沈黙寡言他の言に耳を仮さゞるもの丶如く随て我々凡人に有勝の逸話等は無之候又職員会議、講堂訓話等に於ては先生の態度は何となく超然脱俗し品位高く一頭地を抜き居られたるの感今に残り居候

(渡部政和「『坊ちゃん』時代」)

同じく同僚の村井俊明は、漱石は職員室でも胸を反らせて天井を眺めていることが多く、他の教員が騒々しくても「実に超然たるものであつた」と語っている（「教員室に於ける漱石君」）。二人とも、漱石の様子について「超然」という言葉を使っているのがおもしろい。坊っちゃんみたいに職員室で山嵐と大声で喧嘩するようなことは、漱石には決してなかったのである。

それと、漱石が俳句集を絶えず手にしていたことは多くの人が覚えていて、ある時は職員室で読み耽り、またある時は教室で生徒が黒板で英作文を書いている間、椅子に座って読んでいたという。ここで俳句集とは、漱石文庫に現存している明治以前の「俳諧集」「俳文集」のことであろう。漱石自身も松山在住の一年間で数多くの俳句を作った。一方坊っちゃんは、「赤シヤツ」が中学教師に求められる高尚な精神的娯楽として俳句作りを挙げたのに対して、「古池へ蛙が飛び込んだりするのが精神的娯楽なら、天麩羅を食つて団子を呑み込むのも精神的娯楽だ」と反発している。

こうした話を総合すると、漱石は生徒からも同僚からも尊敬される一方、坊っちゃんの如くからっとした江戸っ子気質とはほど遠い存在だったと言えよう。村井の言葉を借りれば「親しみがない」人柄と受け止められていたのである。

プレフィックスとサフィックス

それでは漱石の授業の様子はどうであったのか。紺色のダブルのスーツに身を包んだ小柄（一五九センチ）な漱石は、教室に入って椅子に座ると、やおら授業を始める。

其講義振りは、机に凭れて両肘をつき、右手に鉛筆を持つて、細々と講義を進めて行かれた。能弁とか達弁とか云ふのではないが、非常に言葉の綾に富んだ話しぶりで、誠に明快を極め、熱心で正確で、其口吻が当時十七八歳だつた自分の頭裡に刻せられて、今だにありく残つてゐる。（「夏目先生の追憶」）

東京専門学校での授業について、綱島梁川は「弁舌朗快ならず」と語っていたが、真鍋もここで「能弁とか達弁とか云ふのではない」としている。真鍋によれば、漱石以前の教師は難しい教科書ばかり支離滅裂な教授法で教え、難解なものをやればやるだけ力がつくと言っていた。ところが漱石は違った。

夏目先生が来て、スケッチブックを講義し初めると、不思議によくわかつて、英語の面白味が初めて感ぜられるやうになつた。先生は吾々に四五年を通じてスケッチブックのヴオイエージとロスコーとブロークン・ハートの三章を講義された。

「スケッチブック」とはW・アービングの『スケッチブック』（Washington Irving : The Sketch-Book）のことで、様々な素材の短編からなる文集であった。当時の中学校でよく使われ、確かに真鍋が四年次から習っていたゴールドスミスの『ウェイクフィールドの牧師』に比べて文章はやさしい。先に東京専門学校で『ウェイクフィールドの牧師』を教えていた漱石は、その経験を踏まえてより平易な教科書を選んだのであろうが、これは「やさしい教科書を選ぶべし」という漱石の英語教育論と合致している。なお偶然にも、東京専門学校では坪内逍遥が梁川らに『スケッチブック』を教えていた。

外国人教師の後釜で来た漱石が、訳読の授業も受け持っていたのは不思議なことではある。そして、ここで漱石は極めてユニークな授業を展開した。

先生の英語の教授法は、訳ばかりでは不可ない、シンタツクスとグラムマーを解剖して、言葉の排列の末まで精細に検覈しなければならぬと云ふので、一時間に僅に三四行しか行かぬこともあつた。そのため二年間にスケツチブツク三章しか読了しなかつたのである。プレフイツクス、サフイツクスを始終やかましく云ふので、夏目さんのプレフイツクス、サフイツクスと云つて吾々の間に通つてゐた。（「夏目先生の追憶」）

「二年間に」とあるが、漱石は一年間しか在職していないからこれは明白な誤り。ただ一年間にせよ、『スケッチブック』の三篇しか進まないのは驚くほどゆっくりしたペースであった。漱石の訳読の授業時間数は不明だが、先に真鍋が挙げた三篇はいずれもペーパーバック版で五〜六ページ、字数にして二千〜二千五百字程度の分量だから、仮に週一時間だとすると、一回の授業で教科書の半ページくらいしか消化しなかったことになる。これは「一時間に僅に三四行しか行かぬこともあつた」にも適合する。

これだけ進度が遅かった理由として、真鍋は漱石が「シンタックスとグラムマー」、つまり構文と文法に細かく、語順にも十分気を配った上で解釈したことを挙げている。この点では、先に梁川日記で漱石の授業を「綿密」と評していたことが思い起こされる。

また、漱石は「プレフイックス、サフイックス」にも非常にやかましかったとある。これは接頭語と接尾語の意味で、漱石の英語教育論では直接言及されたことのないものであった。ただし「中学改良策」の中で、単語の意味について「十数言を以て一字を説明する」とか「廻りくどくとも長々しき説明をなしたる」とあるのは、あるいはこのことを指していたのかもしれない。漱石がこの語源を重視した教育を他の学校でも行ったことは、第一高等学校で習った野上豊一郎(後の法政大学総長、野上弥生子の夫)が書き残している。

一例を云ふと、venevolence と云ふ字があれば、vene は good と云ふ意味、vol は will と云ふ意味で、即ち good will と云ふ原義である。かう云ふ風に prefix, suffix を六ケ敷く一々解剖して置いて、扨試験となると、melevolence といふ字を出す。さあ生徒は嘗つて習はぬ字だからマゴつく。さうすると先生は、「venevolence を教へて置いたぢやないか、それから又 malicious と云ふ字は知つてるだらう。それなら其位の応用は出来る筈だ」と云つた調子

(原文ママ、筆者注)

もう少しわかりやすい例を挙げると、unhappy を単に「不幸な」の意味だと覚えるのではなく、happy という形容詞に否定をあらわす接頭語の un が付いたものと理解させるのである。そうすると、次に untrue が出てきた時に、true の意味さえ知っていれば「真実でない」という意味の類推が可能になる。

怖くない漱石

このように語源を正確に理解することが、英語に限らず外国語を学ぶにあたって、語彙を増やすのに大いに役立つのは間違いない。だが一方、授業は難解かつ単調極まりないものになりがちであり、生徒に興味を持って理解させるという点において、中学でこの教授法を取り入れるのは相当勇気が必要である。真鍋は「私には此の根本的な語学研究法が、後々まで永く感化を残して、いくら役に立つたか知れない」と漱石の授業に心服しきっている様子だが、級長で首席の彼の感想だけを取り上げるのは公平ではあるまい。しかも漱石に心酔し、師に倣ったのか東大医学部教授に推挙されたのを一度は断ったほどの人物の後日談なのだから。

それでは、他の生徒は漱石の授業をどのように評価していたのだろうか。松根東洋城は次のように語る。

其英語の教授法についても至れり尽せりで先生の学識が広く高かつたからではあらうが、其事に従はる丶や極めて忠実で親切でしかも生徒の智識脳力を量つてよく了解のゆく様によく納得するやうに教へられた。私などは特別に語学が好きと思ふ方でもなかつたが、先生に教へて戴いてからは英語は面白いものだと心底から感じ出した。（「先生と俳句と私と」）

ただしこれも弟子の回想だから、漱石と卒業後の繋がりがなかった川島義之（後の陸軍大臣）の談話もつけ加えておこう。

随分古いことで、それに自分は平凡な生徒に過ぎなかつたから、先生に特に目をかけられたといふ記憶もない、たゞ非常に明快な教授振りで、これは普通の先生ではないと感じ入つたことを覚えてゐる。（鶴本丑之介「漱石先生と松山」）

奇しくも真鍋と川島が共に「明快」という言葉を使っている。松根も「至れり尽せり」と言っているし、どうやら語源に注意を払う一方で、漱石はわかりやすい授業を心掛け、生徒もそれを評価していたようである。これは、坊っちゃんがわざとべらんめえ調で話して、生徒から「まちつと、ゆる〳〵遣つて、おくれんかな、もし」と頼まれ、「おれは江戸っ子だから君等の言葉は使へない、分らなければ、分る迄待つてるがいゝ」と開き直っているのとは大変な違いである。

また、漱石は訳読以外に作文と会話も担当していて、こちらも好評であった。真鍋によれば、漱石は会話の時間は始めから英語で話し、発音には厳密で、生徒が Vicar of Wakefield を「ヴィーカー」と発音していたのを「ヴィカー」と直させている。またリスニングの指導も細かく、ある時 not を聞き落とした真鍋は、「会話の際には先ず第一に肯定否定を聞きとるのが肝要だと、叱られた」という。松根も会話の授業をこう振り返る。

会話など西洋人に教はるより先生の教へて下さる方がよ程面白くむしろ西洋人の教師が教へても説明もしてくれないあるものを先生は我々に与へられた。

不思議なのは、松山以降の生徒・学生がほとんど常に口にする、漱石は「厳格で怖かった」という感想が、松山中学の教え子からは出てこないことである。漱石は中学生にはそれほど厳しくなく、高校生より上には違った態度を取ったのであろうか。もっとも皮肉屋の面は既に発揮していて、ある生徒などは漱石に向かって「下読みをして行かなくて信用を落とした」と言ったところ、すかさず「信用があったと思っているのか」と返されているのであった。

松山を去る

当の漱石は学校や生徒をどのように見ていたのか。漱石の手紙によれば、赴任当初の感想は比較的良好であった。

教員生徒間の折悪《ママ》もよろしく好都合に御座候

（明治二十八年五月二十六日付、正岡子規宛）

学校も平穏にて生徒も大人なしく授業を受け居候小児は悪口を言ひ悪戯をしても可愛らしきものに御座候

（同年七月二十五日付、斎藤阿具宛）

坊っちゃんは生徒に「天麩羅先生」とか「遊廓の団子旨い〳〵」と黒板に書かれて一々腹を立てていたが、この頃の漱石は「可愛らしきもの」と受け流す余裕があった。また同じ手紙で、山口高等学校から招聘を受けたものの、「当地の人間に対し左様の不親切は出来悪く候へば一先辞退仕候」との理由で誘いを断ったことを伝えている。

ところが、秋に入ると一転して、漱石はこの地を離れることを望むようになる。

此頃愛媛県には少々愛想が尽き申候故どこかへ巣を替へんと存候今迄は随分義理と思ひ辛防致し候へども只今では口さへあれば直ぐ動く積りに御座候貴君の生れ故郷ながら余り人気のよき処では御座なく候

（同年十一月六日付、正岡子規宛）

そして漱石は土地柄だけでなく、大人しく可愛らしいと評していた生徒に対しても、批判の目を向けるようになっていく。漱石の後任として赴任した大学英文学科の後輩玉虫一郎一に宛てた手紙（明治二十九年七月二十四日付）を読むと、「松山中学の生徒は出来ぬ僻に随分生意気に御座候間可成《なるべく》きびしく御教授相成度と存候」と実に手厳しい。まだ在任中の十一月には、漱石は松山中学の校友会誌『保恵会雑誌』に次のように書いている。

今の書生は学校を旅屋の如く思ふ、金を出して暫らく逗留するに過ぎず、厭になればすぐに宿を移す、かゝる生徒に対する校長は、宿屋の主人の如く、教師は番頭丁稚なり、主人たる校長すら、時には御客の機嫌を取らねばならず、況んや番頭丁稚をや、薫陶所か解雇されざるを以て幸福と思ふ位なり、生徒の増長し教員の下落するは当前の事なり。

（「愚見数則」）

そして明治二十九年四月九日、離任に際して行われた告別式で漱石は全校生徒に対し、高等学校の教授に転任することを栄転だと言う人がいるが自分は決してそう思わないと断った上で、次のように語ったと伝えられている。

然らば何故私はこの中学を棄てて熊本へ去るか、或は何故松山を去るかと反問せられる人があるだらう。この反問に対して私は答へる、それは生徒諸君の勉学上の態度が真摯ならざる一事である。私はこの一言を告別の辞とする事を甚だ遺憾に思つてゐる。生徒諸君は必ず此事について思ひ当る時が来るであらうと信ずる。

（「漱石先生と松山」）

松山中学卒業記念（明治29年４月）三列左より二人目が漱石

残念ながらこの内容は伝聞で、同趣旨のことを語っている人はいないようだから、どの程度信憑性があるかは定かでないが、漱石の生徒に対する不満が大きかったのは間違いない。どうして、最初は良好だった生徒への感情が悪化したのか。恐らく最大の要因は、十月に起こった生徒による住田校長排斥のストライキであったと思う。これによって校長は辞任に追い込まれ、漱石はそれを大変不快に感じていた。しかも首謀者である四年生は学校に残り、真鍋のような優秀な生徒は卒業していった。親友正岡子規の帰京、結婚の決定、東京への里心などもあいまって、最早漱石を松山にとどめる何ものもなかったのであろう。

小説『坊っちゃん』で主人公が松山を去る場面はこうなっている。

其夜おれと山嵐は此不浄な地を離れた。船が岸を去れば去る程いゝ心持ちがした。

改めて読むと随分な書き方ではあるが、まぎれもなくこれこそ、松山を去るにあたっての漱石本人の気持ちであった。共通項の少なかった漱石と坊っちゃんが、最後にこんな場面で意見の一致を見るのは皮肉と言う他あるまい。この後、漱石は二度と松山の地に足を踏みいれることはなかった。なお名作『坊っちゃん』が、忘れられていた英語教師夏目金之助の記憶を松山の人々に呼び戻させたのは、十年の星霜を経た後のことである。

第五高等学校

松山を去った漱石は、明治二十九(一八九六)年四月十四日、熊本の第五高等学校(以下五高)の英語嘱託教授として赴任し、七月に教授に昇格した。月給は百円である。五高は明治二十年に第五高等中学校の名称で設置されたいわゆる旧制高校で、帝国大学に入学するための教育をする本科(大学予科)と専門の学問を施す分科(専門部)が存在した。主流は前者であり、通常は尋常中学校を卒業した十七歳の者が三年間学んだのである。卒業後に帝国大学へ進学する場合、最初は無試験であったが、漱石が赴任した頃から定員を越えた学科では選抜試験が実施されるようになった。ちなみに、明治三十年六月に京都帝国大学が創立されたことにより、今までの帝国大学は東京帝国大学と改称している。

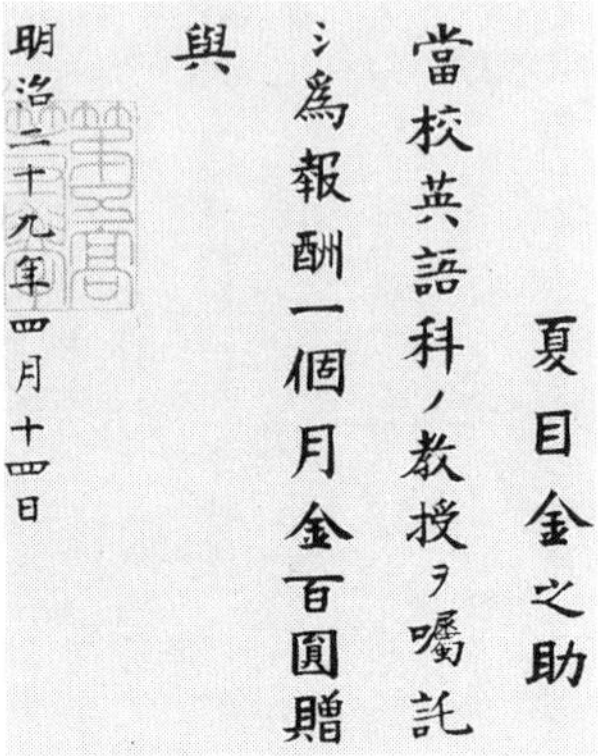

夏目金之助

當校英語科ノ教授ヲ囑託シ為報酬一個月金百圓贈與

明治二十九年四月十四日

一か月百円の嘱託辞令

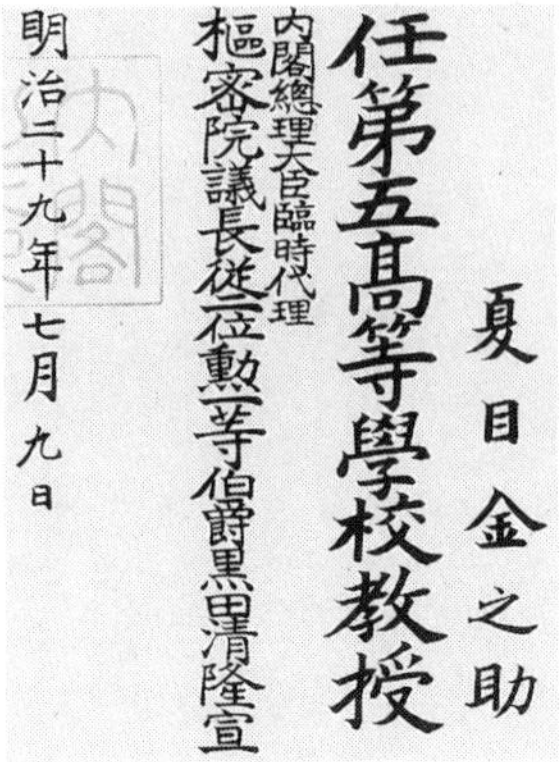

夏目金之助

任第五高等學校教授

內閣總理大臣臨時代理
樞密院議長從二位勲一等伯爵黒田清隆宣

明治二十九年七月九日

教授辞令

生徒の学習意欲のなさに失望した松山中学時代と比べて、五高での漱石の教師生活はどうであったのか。まずその英語教授法の違いを見てみよう。

松山中学時代には非常に綿密な教へ方で逐字的解釈をされたさうであるが、自分等の場合には、それとは反対に寧ろ達意を主とする遣方であつた。先生が唯すら〳〵音読して行つて、さうして「どうだ、分つたか」、と云つた風であつた。

（寺田寅彦「夏目漱石先生の追憶」）

授業振は、一言にして言へば、粗略であつた。嚙んで含める様な丁寧な教へ方ではなくて、「ザ、ネキスト。ザ、ネキスト。」と次から次に読ませ（中略）で其の進むこと進むこと。

（八波則吉「漱石先生と私」）

接頭語と接尾語を重視して緻密な授業を展開した松

山中学とは、人が変わったかのような教授法の相違だが、これは生徒の学力を考慮したものと考えられる。「中学改良策」の音読のところで、漱石は「上級にあつては未だ訳読を済さゞる場所にても容易なる部分は之を読み翻訳の手数を費やさずして直ちに洋書を理解する力を養ふべし」と述べており、五高ではこれをまさに実践したということである。当然のことながら、一年間で『スケッチブック』の三章しか終わらなかった前任校時代と比べると、教科書の消化具合は格段に違った。

英語の教科書はジ、エンド（終り）まで読んだことは臍の緒切つて以来一度もなかつた。然るに、夏目先生から教はつた一年間に、『アッチック、フイロソフアー』や、『オピヤム、イーター』や、『オセロ』など皆ジ、エンドまで読んだ。其の上『サイラス、マーナー』の半分まで進んだ。教科書を一冊終りまで読むことは、何でもない様だが非常に嬉しいものである。私は此の喜びを先生から授けて貰つた。

（「漱石先生と私」）

課外講義

もう一つ、漱石の講義を受けた者が異口同音に「厳格」で「怖い」と表現しているのも、松山中学の時とは大きく異なる点であった。厳格だけではピンとこないが、ともかく現代の大学生くらいの年齢の者が「小さくなっていた」と振り返るほど怖かったのだ。例えば、ある生徒は漱石が「直覚」という表現を用いたので、「直カクとは何です」と尋ねたところ、「直覚とは直覚だよ」と叱られている。また、何となしに質問などしようものなら、「どの字が解らない？……字引を引いたのか？」と反問されるからうっかり質問もできなかったという。

とりわけ漱石は、「下読み」つまり予習をしてこない生徒には容赦なかった。単語の意味を聞かれて「忘れました」などと答えると、たちどころに「忘れたのではなかろう。知らないのだろう。調べて来ないのだろう」と突っ込まれた。後に朝日新聞大阪本社の専務となり、漱石を講演に招いた高原操もこの被害にあった。

下読みをしないで出ると、わざと当てられるのには衆皆《みんな》弱つたものです。(中略) 私なぞも下読みをしないで出て、当てられると困るので、本の蔭に隠れて、こつそり字引でも引いてゐようものなら、直ぐそれを目附けて、「高原さん、どつちの頁を見てゐます？ 今そんな所を教へてるんぢやない。下読みをして来なけりや、教場へ出て来るな」と、頭から遣られて閉口しましたよ。
(「師匠と前座」)

評論家の長谷川如是閑《にょぜかん》によれば、漱石は「できない者ほど下読みの必要がある。――→生徒は先生よりできない。――→(故に) 生徒は先生より下読みの必要がある」という三段論法で生徒の下読みを求めた。そして確かに、講義の下準備は怠りなかったのである。

さらに熊本では、漱石の皮肉の度合いも一層増していた。国語学者として名をなした藤村作《つくる》は語る。

とても皮肉屋で、生徒がずいぶん困らされた。例えば、生徒が誤った解釈などをしていても、フンフンと言って聞いていて、さてそれから、「君はどこの中学を出たのかね」と戸籍調べを始めて貶すので、大概の者はそれに参った。

（大礒義雄『漱石の授業　ハーンの講義』日本古書通信社）

藤村は大正時代に「英語廃止論」を主張して、英語学界はもちろんのこと、教育界に一大センセーションを巻き起こした人物でもある。彼の回想からは漱石にあまり好意を抱いていなかったことがわかるが、しかしその藤村でさえ、漱石の英語力は認めないわけにはいかなかった。

先生は意地悪なので、ある時みんなで一つ困らしてやろうと相談して、うんと調べていって先生に掛かったが、どうしても先生を困らすことが出来なかった。それほど夏目さんは実力があった。自然とそういう人に、生徒は皆頭が下がって尊敬した。

そして実力もさることながら、五高時代の漱石は生徒の面倒見が素晴らしくよかった。まず英語教授の面でそれがわかるのは「課外講義」である。漱石は赴任当初より、ほとんど毎日午前七時から八時まで英語の特別講義を行い、W・シェークスピア（William Shakespeare）の『ハムレット』(Hamlet) や『オセロ』(Othello) などを教えた。この講義の学内での位置付けは定かでないが、試験も行っていることから公認のものだったのかもしれない。朝早くからの課外講義は生徒にとっても印象深いものだったようで、寺田寅彦は漱石の訃報に接して、「春寒き午前七時の課外講義オセロを読みしその頃の君」と詠んでいる。

また妻鏡子によると、漱石は夏休みにも希望する生徒に一回約二時間英語を指導していた。そして「かうやって家でたゞで教へるといふものはいいもんだよ」と言ったという(『漱石の思ひ出』岩波書店)。

落第を救う

漱石が英語以外のところでも生徒思いの先生であったことは、書生として自宅に住み込ませた五高の生徒、俣野義郎・土屋忠治・湯浅廉孫への応対から知れる。湯浅の場合などは、彼が困窮していることを知ると「そんなに困つてゐるなら、宅へ来て居れ」と自ら勧め、学費も援助した。さらに、ドイツ語の点数が足りなくて卒業できないはずだったところを、教授会の席上で「こんな篤学者(湯浅は漢学に関しては教授以上と言われる実力であった—筆者注)を全く関係のない外国語の点位で大学へ送らぬといふ筈はない」と力説して落第を免れさせている。

漱石の彼らへの厚情は五高卒業後も続き、東京帝国大学入学にあたっては、東京での書生としての受け入れ先まで斡旋した。その上、英国に留学した後も鏡子宛の手紙でたびたび三人のことに言及し、「俣野湯浅土屋へは無沙汰をして居るよろしく言つて御呉れたまに来たら焼芋でも食はしてやるがいゝ」（明治三十四年一月二十四日付）などと気を遣っている。

帰国後も漱石の好意は変わらず、湯浅に対しては大学を出てからの就職先の確保にも尽力した。また俣野が『吾輩は猫である』の登場人物のモデルと噂されたのに憤慨して抗議文を送ると、漱石はなんとその登場人物の出身地を、作品の中で「筑後の国は久留米の住人」から「肥前の国は唐津の住人」に変えてしまったのである（『満韓ところ〲』）。

しかも、漱石の生徒への心遣いは書生をしていた者に限られたわけではなかった。例えば学費の工面に苦労していたある生徒には、大学卒業までの学費を出してやろうと言っているし、やむを得ぬ事情で退学となった複数の生徒については、学習院にいた友人の立花銑三郎に転学の照会を出したりした。このように恩顧を受けた生徒たちは、教壇での厳格で怖い漱石とは百八十度異なる親しみやすさを強調しているのである。

では松山中学時代にはほとんど見られなかった、こうした生徒との交流が五高で実現したのはなぜか。もちろん両校生徒の年齢の差や、一年と四年という在職期間の違いも考慮すべき点であろう。それと共に、漱石が五高生の教師に対する態度を評価していたことも見逃せない。

松山の中学に初めて教員となつて赴任した当時は、学生は教師に対して少しも敬意を払つてゐなかつたから、教員といふものは恁《か》ういふものかと思つてゐた、が熊本に行つて、熊本の学生の敬礼に先づ感じた、あんな敬礼をされた事は未だ曾てない、余程礼儀に厚い（中略）東京あたりの書生のやうに、軽薄で高慢痴気な所がなく寔《まこと》に良い気風である。

（「名家の見たる熊本」明治四十一年）

漱石は義弟の中根倫《ひとし》にも、「五高の生徒なぞは、粗暴なやうだが、ちやんと先生を尊敬することを知つてゐる。九州人の気風はよい」と語っている（「義兄としての漱石」）。また態度のみならず向学心にも富んだ生徒が多かったことは、早朝七時からという課外講義がそもそも行われていたという事実によってわかる。こうした生徒の存在ゆえに、漱石は公私を越えた親身の教育をする気になったのだと思う。漱石は寺田寅彦ら俳句に興味のある生徒を自宅で指導し、彼らと俳句の同人結社まで結成している。すなわち、ここ熊本の地で初めて英語の講義だけでなく、もっと広い範囲で生徒を教育する機会に恵まれたのであった。

シェークスピア

ここで話を英語に戻そう。漱石は明治二十九（一八九六）年四月から明治三十三年七月までの約四年間、五高で教鞭を取り、この間に文科・法科から工科・農科まで幅広い学科の生徒を教えた。使用した教科書については、生徒の回想に頼らざるを得ないのが現状だが、これについては一部思い違いなどもあるらしく、誰のどの話を信用するか難しい面もある。そこで複数の情報に基づく確実なものだけ以下に書いてみたい。

一、通常の講義

（1）E・バーク『フランス革命論』(Edmund Burke : Reflections on the French Revolution)

（2）T・ド・クィンシー『阿片常用者の告白』

（3）G・エリオット『サイラス・マーナー』(George Eliot : Silas Marner)

（4）P・ハマートン『ヒューマン・インターコース』(Philip Hamerton : Human Intercourse)

（5）P・ハマートン『知的生活』(The Intellectual Life)

二、課外講義

（1）W・シェークスピア『ハムレット』

（2）W・シェークスピア『オセロ』

（3）クレイク夫人『ジョン・ハリファックス、ジェントルマン』(Mrs. Craik : John Halifax, Gentleman)

冒頭のバークの『フランス革命論』は、赴任したばかりの時に前任者から引き継いだもので、漱石は次のように語っている。

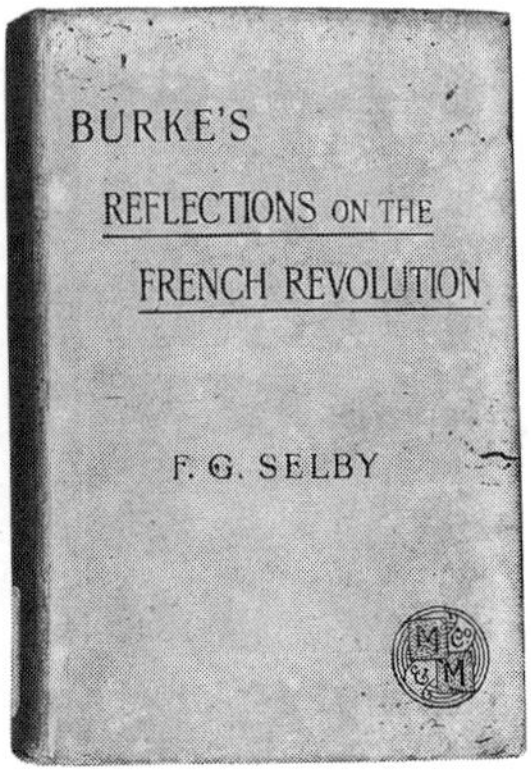

『フランス革命論』
(漱石旧蔵)

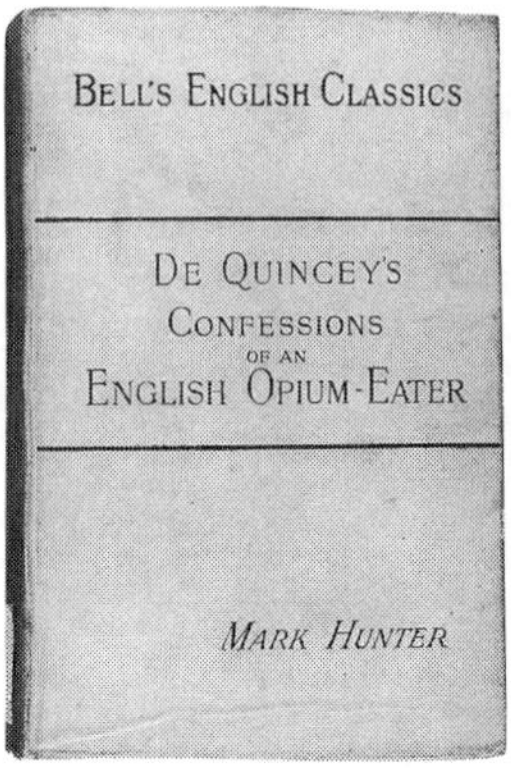

『阿片常用者の告白』
(漱石旧蔵)

　私の前に誰か英語を受持つて居つて、私は其後を引受けた。エドマンド・バークの何とか云ふ本でありますが、それは私の嫌な本です。此位解らない本はない。(中略) 其後発達した今日の私の英語の力でも、あのバークの論文は矢張り解らない。

(「模倣と独立」大正二年)

　この他の教科書は漱石が選んだものと推定できる。まず『阿片常用者の告白』は、先に書いたように東京専門学校でも教えた可能性が高い。また『サイラス・マーナー』は、後に東京帝国大学でも教科書に使用し、学生の不満を買っている。

　これらの教科書の中で最も興味深いのは、何と言ってもシェークスピアであろう。漱石が英国でシェークスピア研究家のクレイグに個人教授を受け、帰国後に東京帝国大学でシェークスピアの作品を評釈して絶大な人気を博したのはつとに知られている。だがそれより以前に、五高でも教えていたのである。ただ、大学における漱石のシェークスピアの講義振りは多くの人が書き残しているが、五高での講義についての資料は乏しい。わずかに、後に第一高等学校の教授となった速水滉《はやみひろし》が回想する。

課外講義にハムレットを読んで居られたが、この面白さは今だに印象に残つている。例の落着いた調子で、余り字句の詮索はせず、短評を挟んでの講義で、私共には初めてハムレットの面白みが分かつたのである。（「熊本時代」）

漱石は五高で教えた『ハムレット』と『オセロ』を大学でも講義している。その両者を比較する術がないのは何とも残念である。

裏をかいた生徒

東北大学の漱石文庫には、五高時代に漱石が作った試験問題が数多く収められている。手書きの細かい字で書かれたこれらの問題は、『漱石全集』には全く収録されていない。その一般的な傾向は次の通りである。

一、文科・法科・工科など複数の科類の問題が残っているが、出題形式や難易度に大きな違いはない。

二、一年から三年まで複数の学年の問題があり、特に二年と三年の分が多い。やはり難易度にそれほど差はない。

三、出題範囲は講義で扱ったものが中心で、いわゆる応用問題は少なかったようである。

四、出題形式は当初は英文解釈に偏っていたが、後半は単語・熟語の意味や文法など多岐に亘り、後述する五高の入試問題の形式と近くなった。またその問い方にも工夫が見られる。

ここでは明治三十二（一八九九）年十二月に行われた工・理・農科二年の共通問題を挙げる。

I、単語（十題）

例、1. Contumely　2. Objectionable　3. Sulky

II、熟語（六題）

例、1. To go about one's business　2. To be cast down　3. To give offence to a person

III、日本語の語句の英訳（六題）

例、1. To be 選出 to parliament　2. To 占有 a thing　3. To be on 親密 with a person

IV、相違点の指摘（三題）

例、1. <u>In the least</u>, <u>at least</u>

II Yr. T. S. A.

I. Explain:— (a) A tractable husband, (b) A flight of stairs. (c) Audible footsteps. (d) Contumely. (e) A portmanteau. (f) Nocturnal rambles. (g) As grim as death. (h) Objectionable. (i) sulky. (j) A stag at bay.

II. Explain:—(a) To go about one's business. (b) To be taken in. (c) To be cast down. (d) To wax angry. (e) To give offence to a person. (f) To pique oneself on an accomplishment.

III. Supply some appropriate English words:— (a) To (得) one's bread. (b) To be (選出) to Parliament. (c) To (消) a candle. (d) To (冒) the risk. (e) To (占有) a thing. (f) To be on (親密) with a person.

IV. State some differences, if any:—

(a) In the least, at least.

(b) His limbs failed him; his heart failed him; I cannot fail to see that.

(c) He regarded virtue as a trick by which clever hypocrites imposed on fools. Louis the Eighteenth was imposed on his subjects by foreign conquerors.

V. (a) He has done wonders in the world: but the world has not received him with all the honours to which he is entitled.

(b) I came across a man in the dark passage. He was a porter, for aught I knew, and was going to salute me for a tip. I turned, however, on my heel suddenly and balked him of his object.

VI In my heart of hearts, I loved her so dearly that I could not press the matter home against her. Yet it was the will of my father, and a father's words should be obeyed to the letter in Japan. Restrained by duty on one hand and impelled by love on the other, I was so little like a man on the occasion as not to be able to put an end to this internecine struggle by plucking up my courage.

VII After two or three toasts, tongues were loosened. I was, however, silent all through, much to the disappointment of the host and others. For I seemed to want an excuse for being mute, no one present, understanding how ill at ease a Japanese without the least knowledge of English might find himself in a company of English gentlemen.

K. Natsume.

Dec. 20, 1899.

工・理・農科２年生共通問題（明治32年12月）

2. His limbs failed him, his heart failed him, I cannot fail to see that

Ⅴ Ⅵ Ⅶ、英文和訳（計四題）

例、He has done wonders in the world : but the world has not received him with all the honour to which he is entitled.

現在の大学一年生にあたる生徒が受ける問題としては、講義の範囲から出されているならばそれほど難問とは思えない。ただ生徒からすると、漱石の講義は音読するだけで訳さない箇所も多かったから、その部分の訳については苦労した。そこで自然と試験に対する研究会が発足し、皆で協力して対策を練った。このあたりのことを藤村が語っている。

試験には難しい問題ばかりわざと選んでだした。が、しかし、これに対しては皆かえって裏をかいたものだ。難しいところは分かっているから、そこだけ見て行けば、きっとそれから問題が出た。又ふだん授業中、生徒が解釈に苦しむような所に、先生は教科書にアンダーラインを引く。試験になるとその辺から問題が出るので、こちらでもアンダーラインを引いておいて、試験の前になると、みんなでアンダーラインの個所を見合い、調べ合っておく、と、そこから必ず問題が出た。

（『漱石の授業　ハーンの講義』）

漱石はこうした生徒の行動には無頓着だったようだ。そして几帳面な性格から、試験の答案はすぐ採点して翌日には返却している。ここでやや意外なのは、漱石が試験の点数に概して甘かったことで、複数の人がそのように証言している。例えば寺田寅彦が漱石と初めて会ったのは、成績が悪かった生徒のために「点をもらいに」自宅へ訪問した時であるが、こうした風習を拒絶する教授も多い中で漱石は快く迎えてくれた。

講義の厳格さや怖さと比べると不思議な話だが、これには漱石の学生時代の経験が影響しているように思える。すなわち、漱石自身が落第の憂き目に会っているし、無二の親友正岡子規は語学力不足が祟って結局大学を中退している。漱石は講義に真剣に取り組むことは生徒に強く求めたものの、恐らく試験の点数に汲々とすることをよしとはしなかったのであろう。ちなみに漱石文庫には、たった一人の生徒のために作った試験問題が残されている。その一枚の問題用紙に、漱石の教師としての暖かさを感じないではいられない。

漱石の入試問題

ところで、漱石文庫の五高時代の資料には、漱石の作成した同校大学予科の入試問題が含まれている。保存されているのは明治三十一（一八九八）年から三十三年までの三年分で、当時は九月入学だったから、その年の七月に実施した問題ということになる。なお、第二章で触れた佐賀県尋常中学校における講演で、漱石は明治三十年の入試問題も作ったと語っているが、これは残っていない。現存する中で特に重要なのは明治三十一年の問題で、唯一「成績報告」が共に残っており、漱石は同年十二月、これを資料として「五高入試英語成績の概況報告」を行ったと思われる。そこで、ここでは明治三十一年の入試問題を中心に見ていきたい。
漱石文庫には明治三十一年の入試問題の草案が二枚あって、その内容の概略は以下の通りである。

一、草案A

I II、「以上五個ノ単語ヲ筆記シ其品詞ノ何ナルカヲ明記シ邦語ニ訳スベシ」

これは、試験官が英語で発音した単語の綴りを書き、さらにその品詞と意味を日本語で書かせる問題である。草案には、1. various 2. promise 3. talker 4. Wednesday 及び 1. young 2. building 3. melancholy 4. angel と手書きされている。試験官が発音する単語の案と思われるが、実際には違う問題が出題されたようだ。

III、「以上二個ノ動詞ノ過去及ビ過去分詞ヲ記スベシ」

1. run 2. die と書かれている。これを口頭で言ったのであろう。

Ⅳ、「以上二個ノ疑問文ヲ筆記シ其応答文ヲ各自任意ニ英語ニテ認ムベシ」

これは、試験官が英語で読んだ疑問文を書き取り、その答えの文を考えて英語で書かせる問題である。草案には、1. Have you ever been to Kyoto ? と手書きされ、2は横線が引かれただけである。やはり読み上げる英文の案と思う。

Ⅴ、「以上二個ノ邦文ヲ英訳スベシ」

これは和文英訳問題で、日本文として、1．「永キ間海綿ハ植物ト考ヘラレテ居リマシタ。」2．「私ハ手紙ヲ書クコトガ出来タラ宜カラウニ。」の二問が草案に印刷されている。そして手書きで、「鳥飛ブ　（又ハ）　鳥ハ空中ヲ飛ブ」と書かれている。

二、草案B

Ⅰ、Translate into Japanese.

これは単語と熟語の和訳問題であり、草案には次の八つが印刷されている。その下に一部漱石の手書きで別の単語が書かれている。

1. sympathy　2. a dead silence　3. a lasting remembrance　4. at any rate　5. time out of mind　6. to keep company with　7. loyal　8. welcome

II´ Explain the following sentences.

英文和訳問題で次の四題が印刷されている。これに関しても、漱石手書きの別の文が添えられている。

1. He made up his mind never to give it up.

2. The lad forcing his way into his father's presence, told him what had happened.

3. No sooner was the new Czar in power than he set about improving his country.

4. Learning is a dangerous weapon, and apt to wound its master if it is wielded by a feeble hand, and by one not well acquainted with its use.

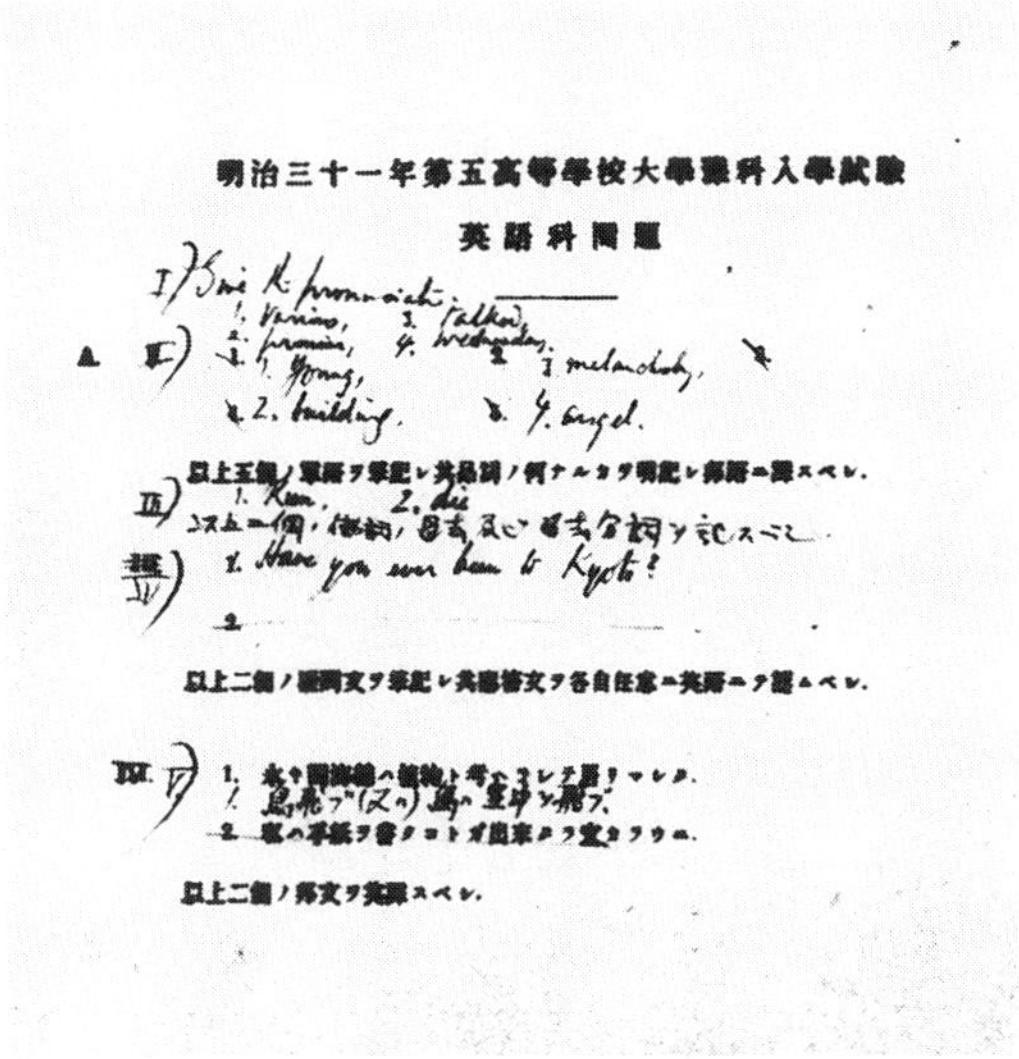

明治三十一年第五高等學校大學豫科入學試驗

英語科問題

以上五個ノ單語ヲ筆記シ其品詞ノ何ナルカヲ明記シ邦語ニ譯スベシ。

1. Have you ever been to Kyoto?

以上二個ノ疑問文ヲ筆記シ其應答文ヲ各自任意ニ英語ニテ認ムベシ。

以上二個ノ邦文ヲ英譯スベシ。

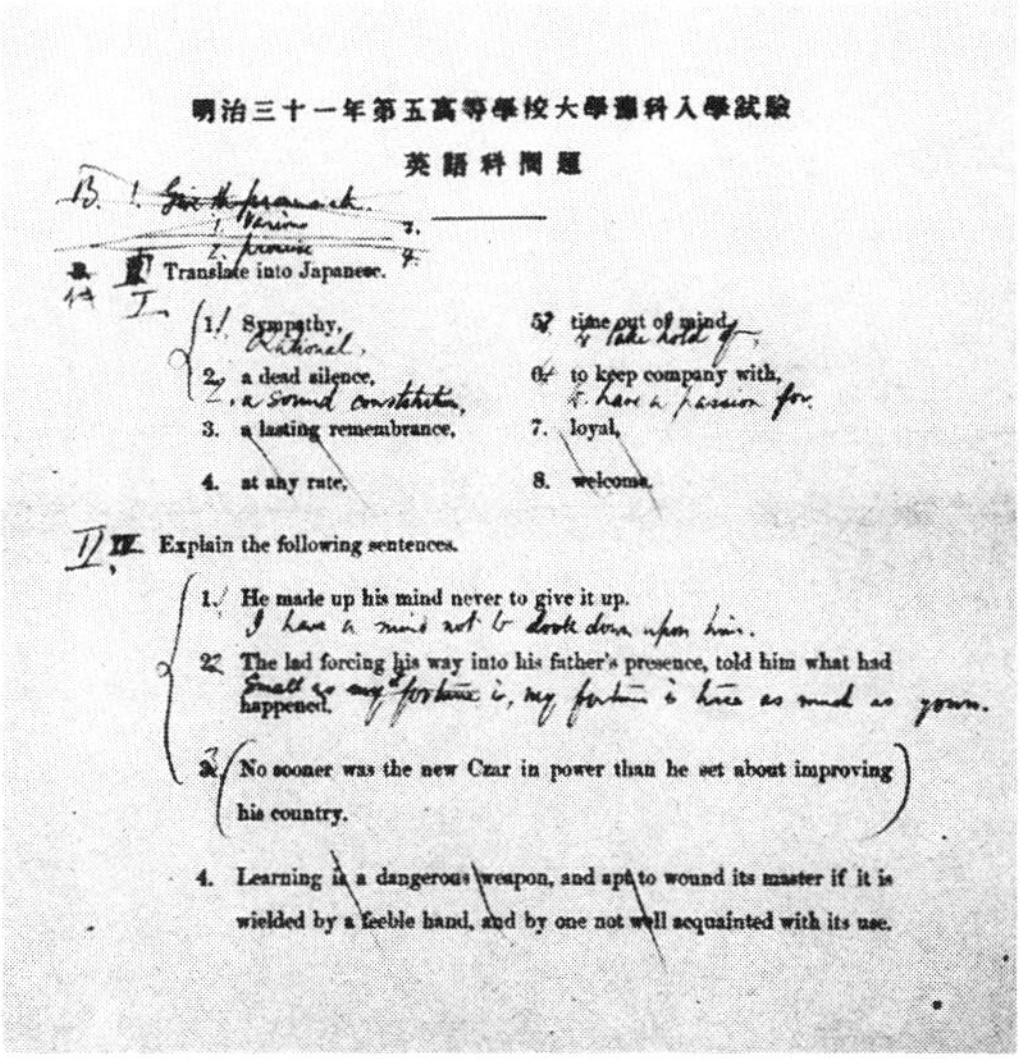

明治三十一年第五高等學校大學豫科入學試驗

英語科問題

Translate into Japanese.

1. Sympathy,
2. a dead silence,
3. a lasting remembrance,
4. at any rate,
5. time out of mind,
6. to keep company with,
7. loyal,
8. welcome.

Explain the following sentences.

1. He made up his mind never to give it up.
2. The lad forcing his way into his father's presence, told him what had happened.
3. No sooner was the new Czar in power than he set about improving his country.
4. Learning is a dangerous weapon, and apt to wound its master if it is wielded by a feeble hand, and by one not well acquainted with its use.

五高入試問題草案（明治31年）

プラクチカルの重視

明治三十一年の五高の入試問題について、漱石は「成績報告」を書き残している。これは入試問題の誤答率と誤答例を列挙したもので、受験生のレベルと共に、漱石の草案と実際に出題された問題の違いも確認できる。その内容を左頁にまとめた。

この資料を基にして、漱石は明治三十一年十二月十二日、五高の入学試験における英語の成績の概況を講話した。これに関しては、第二章の「福岡佐賀二県尋常中学参観報告書」と同様に、原武哲の資料発掘の賜物と言える。原武の「五高時代の漱石—五高入試英語成績の概況報告」（『国文學』學燈社）によれば、明治三十一年十二月十日から十三日まで、五高で「第五地方部高等学校及び中学校協議会」が開催された。この協議会の三日目に漱石の講演があったわけである。以下、原武論文に引用された漱石の講話の筆記に即して確認しよう。

従来五高の英語の入試問題は英文和訳のみで行われてきた。それを漱石は明治三十一年の入試より「プラクチカルノ方面」をも試験する方針に改めたのである。「プラクチカル」（practical）とは「実用」ということであり、ここでは音声面にも配慮した出題にするという意味になろう。そして、その具体的な出題例が挙げられている。

誤答率及び誤答例（明治31年度第五高等学校英語入試問題より）

1．「綴字の誤り」（草案A－I II参照）
①Write－6％　②Receive－6.6％　③English－7％

2．「文法」（草案A－I II参照）
Necessaryの品詞を知らない者－61％

3．「会話作文」（草案A－V参照）
「永き間」ができなかった者－60％

4．「英文和訳」

⑴ 単語（草案B－I参照）
①Welcome－32％　②Improve－26％　③Sympathy－28％　④Apt－22％　⑤Weapon－22％　⑥Loyal－92％（誤答例－法律、貴族、王家の）　⑦Lasting remembrance－74％（誤答例－歴史、日記）

⑵ 句（草案B－I II参照）
①To give up－28％（誤答例－与える、忘れる）　②To set about－28％　③At any rate－51％（誤答例－少し遅れて、残りの者）　④To keep company with－89％（誤答例－絶交する、会社を維持する）

⑶ 文（草案B－II参照）
No sooner～than－48％

a・綴字

Write, Receive, English

b・文法

Necessary の品詞、Write の活用変化（草案の run と die の代りであろう）

c・会話作文

平易な文（part of speech）を書き取りさせ、または作らせる。

d・単語

Improve, Welcome, Sympathy

e・句

To give up, To set about, At any rate

先に見たように、a～cは英語を聞かせる形式であり、実用面を試す問題にふさわしい。一方、dとeは単純に単語や熟語の意味を書かせるにすぎないから、口語でよく使う単語や言い回しということなのかもしれないが、ここに含めるのは疑問がある。

漱石はこうした問題に対する受験生の出来具合について、出題レベルはそれほど高くないのに「其結果割合ニ良好ナラサリキ」と語っている。「成績報告」によれば、五年制の尋常中学校を卒業した受験生、すなわち現在の高校二年修了程度の者が、7％もEnglishを正確に書けないのだから、漱石の感想はもっともである。そして漱石は、不出来の理由を次のように表現している。

生徒ハ専ラ読書的方面ニ力ヲ注キテプラクチカル方面ニハ極メテ冷淡ナルカ如シ

「冷淡ナルカ如シ」で思い出されるのは、この講話の前年に行われた佐賀・福岡両県の中学の授業参観における漱石の批評である。さらに、漱石は講話の中で以下のことを指摘している。個々についてのコメントはしないが、これらは一読して、入試結果の分析を超えた漱石の自説の開陳であることがわかる。

一、Debt, Danger, Particularなどは単語の意味は知っているが、発音の誤りが多い。
二、会話は五高の外国人の授業でも、一時間で三分の一以下の者しか話さない。
三、和訳は多少よいが、単語の意味をあいまいに記憶している。とにかく訳せばよいと考えている。
四、教科書を開けば読めるが、閉じたら何も覚えていない。
五、英語で読んだところを日本語で言えない。

六、習ったものを応用できない。

認知されなかった試み

思うに、明治三十一年の五高の英語入試問題は、明らかに漱石が自らの英語教育論とそれまでの教育実践を踏まえて作成したものであった。そしてその最大の特色は、言うまでもなく実用英語の能力、すなわち音声面の能力を受験生に試した点にある。しかも、漱石は申し訳程度に音声面の力を問う問題を入れるのではなく、草案Aに見られるように、様々な形の英語を聞き取らせている。

これがいかに斬新な発想かは、この頃の入試では五高ばかりでなく他の旧制高校も、既に英語を日本語に訳す形式の問題が主流であったことからわかる。出題者の基本的な意図は「いかに難しい文章を読み解くことができるか」ということであり、必然的に問題は複雑な構文を持つ英文となった。いわゆる「受験英語」の登場である。

受験英語という呼び名は大正時代のものらしいが、試験問題の内容としては、早くも明治二十年代後半にはその端緒が見られる。例えば、入試対策参考書の先駆的存在と言われる明治三十六年発行の『難問分類英文詳解』（南日恒太郎《なんにちつねたろう》、ＡＢＣ出版）には、英語の達人で漱石のラテン語の師だった神田乃武の「試験の問題文にふさわしい例文が少なからずある」との序文があり、事実その例文の多くは既出の入試問題から取られていた。それらの文を見れば、まさに私たちにも経験のある受験英語のにおいがする。驚くなかれ、「くじらの方程式」なる珍妙な名前のつけられた次の構文などは、いまだに受験問題集で重要構文として扱われているのである。

A born poet can no more help being a poet than an eagle can help soaring.

このような風潮に逆らって、漱石があえて実用英語を入試に大幅に取り入れたことは、高く評価すべきである。実用の意味を「読書力」にすり替えた岡倉由三郎などとは違い、漱石は実用とは音声面や会話能力を指すという常識を、当然のこととして受けとめていた。そしてその方面に生徒の関心を向けるために、いつの時代でも最も効果的な「入試に出す」ということを実行しているのは、見事の一語に尽きると思う。明治後半に各地の旧制高校や帝国大学の入試問題作成者が、もし漱石と同じ目的意識で実用面を考慮しリスニングなどを導入していれば、日本人の実用英語の能力は今よりずっとまともだったに違いない。

だが惜しむらくは、漱石の作成した出題形式は広く認知されるには至らなかった。視聴覚施設はおろかテープレコーダーもない時代だから、試験中に誰かが英語を読み上げることになり、受験生の数が増えるにつれて公平に実施するのが困難になったことも理由の一つであろう。しかしそれよりも、問題作成者から学校当局まで誰もが翻訳至上主義に毒され、実用英語の重要性とそれを入試問題に取り入れることの意義を、ほとんどの人が認識し得なかったのが一番の理由であると思う。

漱石文庫所蔵の最後の入試問題は、漱石が五高を去る直前の明治三十三（一九〇〇）年夏に実施されたものである。これを見ると、何も印刷されていないBのIとIIがリスニングを含んだ問題と推測でき、この年の入学生によると、英文の書き取りはナポレオンに関するものであったようだ。そして特筆すべきは、この英文を漱石自ら受験生の前で読み上げたことであろう。受験生に「秀麗」という印象を与えた漱石は、それからほどなくして熊本の地を離れ、英国留学へと旅立った。それは同時に実用英語に理解があり、入試問題に導入する見識もあった逸材を、日本の英語学界が失ったことを意味した。そして二年余の後に漱石が帰国した時には、もはや受験英語は個人の力など及びもしない「怪物」と化していたのであった。

第四章　英語教師夏目金之助（帝大・一高時代）

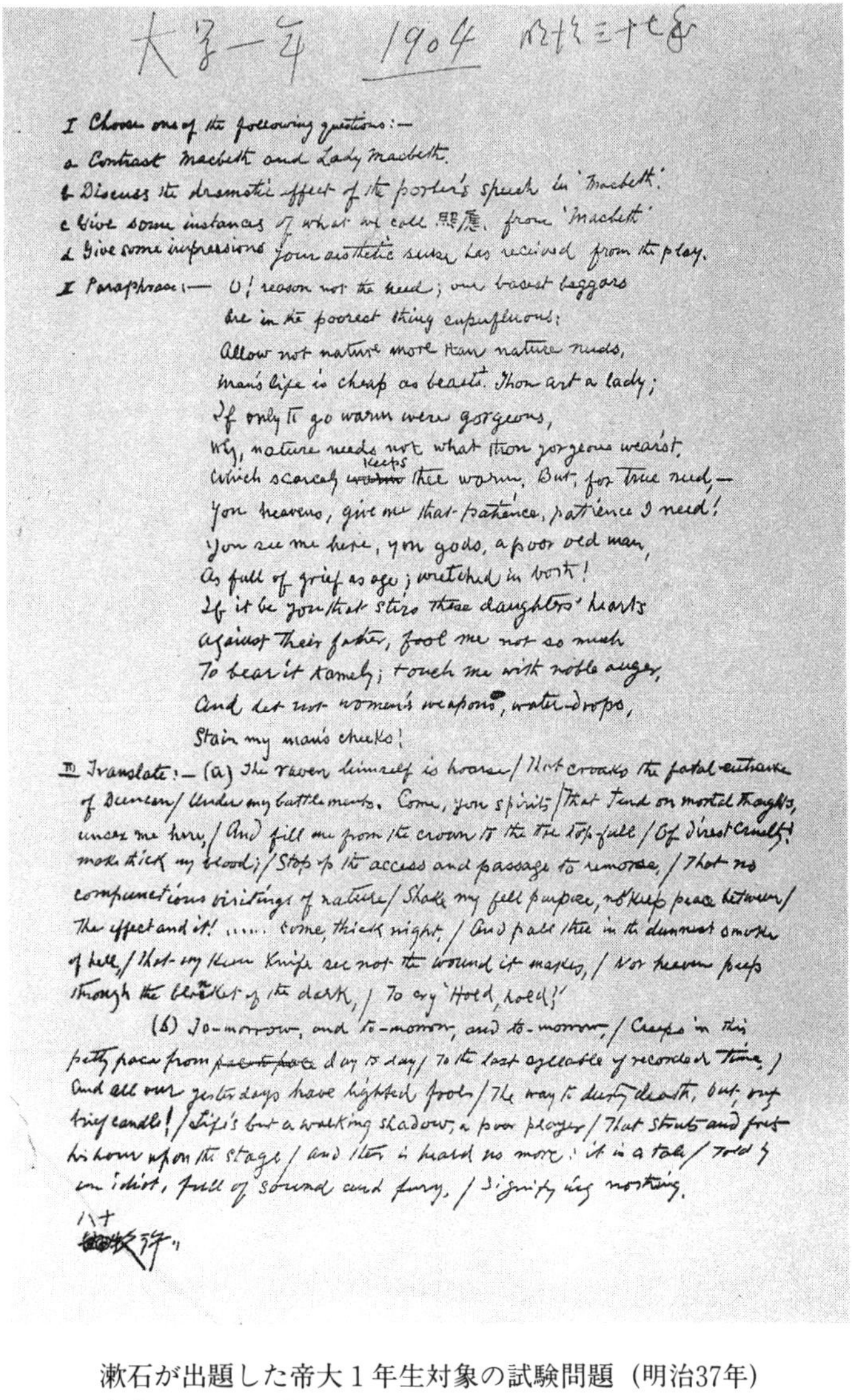
大学一年 1904 明治三十七年

I Choose one of the following questions:—
a Contrast Macbeth and Lady Macbeth.
b Discuss the dramatic effect of the porter's speech in 'Macbeth'.
c Give some instances of what we call 照應 from 'Macbeth'
d Give some impressions your aesthetic sense has received from the play.

II Paraphrase:— O! reason not the need; our basest beggars
Are in the poorest thing superfluous:
Allow not nature more than nature needs,
Man's life is cheap as beast's. Thou art a lady;
If only to go warm were gorgeous,
Why, nature needs not what thou gorgeous wear'st,
Which scarcely keeps thee warm. But, for true need,—
You heavens, give me that patience, patience I need!
You see me here, you gods, a poor old man,
As full of grief as age; wretched in both!
If it be you that stirs these daughters' hearts
Against their father, fool me not so much
To bear it tamely; touch me with noble anger,
And let not women's weapons, water-drops,
Stain my man's cheeks!

III Translate:— (a) The raven himself is hoarse / That croaks the fatal entrance of Duncan / Under my battlements. Come, you spirits / That tend on mortal thoughts, unsex me here, / And fill me from the crown to the toe top-full / Of direst cruelty! make thick my blood; / Stop up the access and passage to remorse, / That no compunctious visitings of nature / Shake my fell purpose, nor keep peace between / The effect and it! ...... Come, thick night, / And pall thee in the dunnest smoke of hell, / That my keen knife see not the wound it makes, / Nor heaven peep through the blanket of the dark, / To cry 'Hold, hold!'

(b) To-morrow, and to-morrow, and to-morrow, / Creeps in this petty pace from day to day / To the last syllable of recorded time, / And all our yesterdays have lighted fools / The way to dusty death. Out, out, brief candle! / Life's but a walking shadow, a poor player / That struts and frets his hour upon the stage / And then is heard no more: it is a tale / Told by an idiot, full of sound and fury, / Signifying nothing.

八十

漱石が出題した帝大１年生対象の試験問題（明治37年）
本文213ページ参照

明治三十七（一九〇四）年十二月一日午前十一時、東京帝国大学文科大学で「英文学概説」の講義を終えた漱石は、ある学生を叱責しようとしていた。和服の袖口から片手を出していないので、講義の最中に「君、手を出し給え」と癇癪がかった声で二度も叫んだにもかかわらず、にやにや笑って無視したからである。ところが、この学生の元に近寄った時、傍らにいた上級生が「この君は、実は少年時代に大きな負傷をして気の毒にも片手を失ったのです。どうか、その点をご了解下さいまして、失礼の段何卒ご寛恕をお願い致します」と釈明した。それを聞いた漱石は、黙って教室から出て行った。

この話には、そこで一瞬顔色を変えた漱石がしばらくして「僕も実はない知恵を出して講義しているのだから、君もまあない手を出したらよかろう」と言ったという尾鰭がついている。うまい話ではあるが事実ではないらしい。時に漱石三十七歳。『吾輩は猫である』の発表がもう目の前に迫っていた。

歓迎されざる者

明治三十六（一九〇三）年四月十日、英国留学から一月に帰国した漱石は第一高等学校英語嘱託の辞令を受け、さらに同月十五日には東京帝国大学文科大学講師を委嘱された。年俸は前者が七百円、後者が八百円で、基本の持ち時間はそれぞれ二十時間と六時間であった。

実は漱石がこれらの職に就くには紆余曲折があった。そもそも、漱石は第五高等学校教授を休職して留学したのだから、本来帰国すれば再び五高で教えなければならなかった。だが、漱石は英国滞在中から熊本に戻る意志はなく、友人宛の手紙にもそれをはっきりと書いたので、彼らは東京での就職先を探したのである。当時第一高等学校（以下一高）の校長をしていた狩野亨吉はこう語っている。

自分が其頃は熊本から一高へ来て校長をしてゐたので菅君や山川君が夏目を一高へ取れといふ。しかし熊本から洋行して帰つたらすぐに一高へ出ると言ふのではまづいので、大学の方で欲しいといふことも理由となつて遂に一高へ来ることにきまつた。（「漱石と自分」）

狩野はこの旨を電報でロンドンに知らせたというから、漱石は当然この間の事情を承知しているはずであった。ところが帰国後、漱石は東京帝国大学（以下帝大）で教えることについては抵抗を示した。

帰朝するや否や余は突然講師として東京大学にて英文学を講ずべき依嘱を受けたり。余は固よりかゝる目的を以て洋行せるにあらず、又かゝる目的を以て帰朝せるにあらず。大学にて英文学を担任教授する程の学力あるにあらざる（中略）依つて一応は之を辞せんと思ひし

（『文学論』序）

漱石が帝大で教えることに逡巡した理由は何か。英文学に対する挫折感も一因であろうが、ラフカディオ・ハーン（小泉八雲）の後任になることが漱石にとっては重荷だったのである。

夏目の申しますのには、小泉先生は英文学の泰斗でもあり、又文豪として世界に響いたえらい方であるのに、自分のやうな駆け出しの書生上りのものが、その後釜に据わつたところで、到底立派な講義が出来るわけのものでもない。又学生が満足してくれる道理もない。

（夏目鏡子『漱石の思ひ出』）

恐らく、ハーンが辞めるに至るごたごたも漱石の耳に多少入っていたのであろう。果して学生の間からはハーン留任運動が起こり、後任の漱石に向けられる目は必然的に大変冷たいものになったのである。ハーンが帝大を追われる経緯については、関田かをる『小泉八雲と早稲田大学』

（恒文社）に詳しいが、当時帝大ではお雇い外国人への依存から脱却して、日本人の教授を登用する空気が高まり、ハーンへの対応もその一貫としてなされたことであった。従って、漱石がハーンを追い出したわけではもちろんないし、漱石は教授になったわけでもないのだから、学生の反感はとばっちりを受けたようなものだった。

ただ、引き受けた以上は自分流を貫くのが漱石の流儀である。漱石は歓迎されざるムードなど委細構わず、四月二十日の最初の講義で、火に油を注ぐようなことを宣言した。後に漱石を慕い英文学の道を歩んだ金子健二は、日記に次のように書いている。

夏目講師は英語の訳読として『サイラス・マーナー』を一般講義のクラスにテキストとして使用する旨申渡された。これに対して皆不愉快の思ひをした。（中略）夏目金之助とかいふ『ホトトギス』寄稿の田舎高等学校教授あがりの先生が、高等学校あたりで用ひられてゐる女の小説家の作をテキストに使用するといふのだから、われわれを馬鹿にしてゐると憤ったのも当然だ。

（『人間漱石』）

「夏目金之助とかいふ」や「田舎高等学校教授あがり」という表現に、この時期の金子の漱石に対する悪意が滲み出ている。首が回らないような高いカラーのシャツと高い襟（ハイカラ）の服を着込み、先の細い靴を履き、塗り固めたカイゼル髭をハンカチで何度も磨いたりカフスをこね回す漱石の姿は、学生には外国帰りの西洋かぶれした日本人の典型にしか映らなかった。こうした漱石の外見もまた、学生に嫌悪感を与えたのである。

絞る漱石

漱石にとっても、ハーンを慕う学生の反抗的な雰囲気はさぞや不快だったに違いない。翌日には学生を英語でたっぷりと絞った。

今日からいよいよ夏目講師の『サイラス・マーナー』の訳読が始められた。そして私達は指名されると席を立つて、中学や高校の生徒のやうにリーディングをして、それから訳をつけさせられるのである。リーディングはかたつぱしから直されるので、当つた者は衆人環視の中で大きな恥辱を与へられる事になつた。私達は大学生から逆転して再び中学生に戻されたやうな屈辱を感じた。（『人間漱石』）

学生にしてみれば、自分たちを知的な大人の人間として扱ってくれたハーンから一転して、大学生のプライドをずたずたに引き裂かれるような漱石の講義を受けたのである。その衝撃と反感は大きかった。漱石は毎回学生に音読させ、発音を直し、難しい語句をやかましく問い

カイゼル髭と高い襟の漱石

質したが、これは漱石が学生時代に受講して疑問を感じたディクソンの講義そのものであった。こうした講義に反発して、後に劇作家として名を馳せる小山内薫はすぐに出席をやめ、歌人となった川田順に至っては法科に転じている。

ただ、漱石は別に「かわいくない」学生に報復手段を講じたわけではなかった。まず漱石が『サイラス・マーナー』を使用した一番の理由は、学生を馬鹿にしたわけでも何でもなく、エリオットを高く評価していたからに他ならない。また漱石は、『サイラス・マーナー』や『ウェイクフィールドの牧師』や『阿片常用者の告白』のような、苦難から人が立ち直っていく姿を描いた作品を好んで教科書に取り上げていた。これはまさに、英語の教科書も道徳教育に資するべきだ、という漱石の意見に合致したものであった。

教授法についても、漱石はハーンとは全く異なった考えを持っていた。金子によれば、ハーンは学生に対して文学を創作するか、そうでなくても鑑賞し愛好するために講義を聞くことを求め、「若し諸君が卒業後中学校や高等学校の英語の先生になるといふ目的で私の英文学の講義を聴かうとするならば、必ず諸君は失望するであらう。私は決して諸君の為に職業を与える為の英語は授けないのであるから」と語ったという。

一方漱石は、正確な発音や解釈ができることは英文学を学ぶ前提であり、まして英文科の学生は大学卒業後に教師になるのが普通なのだから、こうした英語力は必須のものだと考えていた。あれほど英語ができたにもかかわらず、英文学を理解するには英語力が絶対的に足りないと思っていた漱石にしてみれば、『サイラス・マーナー』程度で四苦八苦している学生が文学研究者を気取ることなどお笑い草だったのであろう。

しかも留学以前に比べると、漱石の大学での講義は決して厳しいものではなかった。五高でも教えを受けた野間真綱は語る。

『サイラス・マーナー』（漱石旧蔵）

熊本では非常に厳格な先生で時間内は皆小さくなつて震へて居たが洋行後の先生は余程くだけた温和な人がらになつて居られる様で吾等にとつては親みやすい様な気がした。

（「文学論前後」）


野間ら五高出身の学生は「なにしろもう先生の授業を受けることはないと思って居ったのに再び先生の講義を聴くことが出来たので吾等は只有頂天になつて先生の教室に出た」というから、他の学生とのギャップはさぞかし大きかったと思う。ただ、やがて金子も「先生から衆人の前で小僧扱ひされるのには誰でも憤りを感ぜざるを得ない」と批判するかたわら、「大学に入つて皆気位が高くなつたが、読書力があやしいものだと感じた」と自分たちの英語力にも疑問を持ち始めている。

休みなしの講義

漱石は『サイラス・マーナー』の一般講義と共に、英文科の学生対象の「英文学概説」(形式論)の講義を行った。この頃の帝大における基本的な講義の時間割は以下の通りである。

月曜日　午後一時〜三　時「英文学概説」講義
火曜日　午前十時〜十二時『サイラス・マーナー』講義
　　　　午後一時〜三　時「英文学概説」講義
水曜日　午前十時〜十二時『サイラス・マーナー』講義
木曜日　午前十時〜十二時『サイラス・マーナー』講義

「英文学概説」の第一回講義の冒頭で、漱石は次のように切り出した。

これからお話しする事は英文学概説 'General Conception of English Literature' といふ題目に就てゞありますが諸君の御希望に依りては英語でお話してもよろしいですが……

（『人間漱石』）

希望する者はなく講義は日本語で行われたものの、その内容は理論ずくめで、これまた感情に訴えることを主眼としたハーンと比べ、はなはだ学生からは不評であった。その上、漱石の講義は二時間からしばしば三時間休みなしで続けられ、ハーンの英語での講義よりも遥かにノートを取るのに骨が折れたのである。

　この「英文学概説」の講義は三学期だけで終了し、その内容は、受講当時三年生だった皆川正禧が四人の学生のノートで復元した『英文学形式論』（岩波書店）によって明らかにされている。その目次を掲げてみよう。

『英文学形式論』

文学の一般概念
文学の形式
Iのア　智力的要求を満足さする形式
IのB　雑のもの
IのC　歴史的趣味より来る形式
II　音の結合を生ずる語の配列
総括

「英文学概説」の講義原稿は行方不明だし、漱石の死後に刊行された『英文学形式論』は本人の校閲を受けていないので、その内容には実際の講義と異なる箇所もあると思う。ただ、目次を見ただけでうかがい知れるように、抽象性の高い講義であったことは確かである。

さらに驚くべきは『英文学形式論』のボリュームであろう。『漱石全集』の『英文学概説』は本文がちょうど百ページあり、「英文学概説」の講義は都合十回（明治三十六年四月二十一日～五月二十六日）行われているから、一回の講義分は十ページということになる。もちろん、漱石の講義の一言一句を書き取ったわけではないのにこの分量なのだ。かくして学生は、内容と筆記する量の両方に辟易したのであった。

辞職願い

漱石の方でも、自己の英語力不足を棚に上げて、いつまでもハーンを追慕する学生に怒りが増してきた。『サイラス・マーナー』は欠席者が多いし、「英文学概説」は頰杖をついたまま聞き流したり、居眠りをしている学生もいたのである。そこで漱石は、五月二十八日の『サイラス・マーナー』の最終講義で、来月行う試験の結果によって、新学年度の教授方針を文学本位にするか語学本位にするか考える、と宣言したのであった。これに対して、特に英文科の学生は当然の如く反発した。

英文科の学生はこれを聴いた後、各自があちらこちらに小さなグループを成して「こんなくだらない話があるものか、われわれが英文科に入学したのは英文学に親しまんが為なのであって、語学をけいこする考へならば初めから大学になどわざわざ入学する理由はないのだ」と不平を鳴らしてゐた。

（『人間漱石』）

しかし実はこの時点で、漱石は新学年の方針変更ばかりか、試験の結果によっては帝大講師の職を辞するつもりでいた。

大学の講義わからぬ由にて大分不評判（中略）此学期に試験をして見て其模様次第にて考案を立て考案次第にては小生は辞任を申出る覚悟に候　（明治三十六年五月二十一日付、菅虎雄宛）

試験が最初に行われたのは六月十一日で、問題は「『サイラス・マーナー』の梗概と、これが批評を英文にて記せ」の一問である。さらに六月十五日には「英文学概説」の試験があり、こちらの問題は「四月以来口述せし講義の大要を述べ、且つこれが批評を試みよ」であった。当時の大学の試験は一般に時間制限がなく、午後一時から行われた「英文学概説」の試験では、三時までに答案を出した者は一人もいなかった。

そして試験の結果は予想通り不出来で、漱石は辞職を決意する。

大学ハやメル積ダ（中略）大学ノ講義モ大得意ダガワカラナイソウダ、アンナ講義ヲツヾケルノハ生徒ニ気ノ毒ダ、トイツテ生徒ニ得ノ行ク様ナコトヲ教エルノガイヤダ、試験ヲシテ見ルニドウシテモ西洋人デナクテハ駄目ダヨ

（同年六月十四日付、菅虎雄宛）

発信日からして、「試験ヲシテ見ルニ」が『サイラス・マーナー』の試験なのは確実であり、漱石は一部の答案の採点をした上でこの手紙を書いたのであろう。大学を去る決心をした漱石は、恐らく「英文学概説」の採点も終えた後に、文科大学の学長であった坪井九馬三《つぼいくめぞう》に辞意を伝えに行ったと思われる。だが漱石の希望は適えられなかった。

僕大学ヲヤメル積デ学長ノ所へ行ツテ一応卑見ヲ開陳シタガ学長大気焰ヲ以テ僕ヲ萎縮セシメタソコデ僕唯々諾々トシテ退クマコトニ器量ノワルイ話シヂヤナイカ

（同年七月二日付、菅虎雄宛）

高等師範学校就職時の嘉納治五郎とのやりとりといい、どうも漱石は校長や学長といった立場の人に丸め込まれてしまうタイプだったようだ。

さて、帝大と平行して漱石が講師をしていた第一高等学校の方はどうだったのか。こちらはこちらで、始めから大きな問題に直面してしまった。藤村操の自殺事件である。

有名な「巌頭の感」を書き残して日光華厳の滝で投身自殺した藤村操は、一高の一年生であった。野上豊一郎の回想によると、五月十三日の講義で漱石に訳読を指名された藤村は「やって来ません」と答え、「なぜやって来ない」と聞かれると、「やりたくないからやって来ないんです」と言った。漱石はこの日は「この次やって来い」で済ませたが、二十日の講義で藤村が再び下読みしていないのを知ると、「勉強する気がないなら、もうこの教室に出て来なくてもよい」と厳しく怒った。そうしたところが、二日後の二十二日、藤村は身を投げてしまったのである。

藤村の自殺の原因が人生に対する哲学的な煩悶によるもので、漱石の叱責と無関係なのは、「巌頭の感」からも明らかであった。だが漱石は、自分のせいで死んだのではないかと心配したらしい。藤村の死を大きく報じる新聞記事が出た日の講義で、漱石は教壇に上がるなり最前列の生徒に「君、藤村はどうして死んだのだ」と尋ね、その生徒が「先生心配ありません。大丈夫です」と答えると、「心配ないことがあるものか、死んだんじゃないか」と言ったという。

この藤村の事件は、当時の青年層に大きな影響を与えたことで知られているが、漱石もこの後『吾輩は猫である』や『文学論』で題材として取り上げている。不思議なのはこの事件の翌年に寺田寅彦に宛てた手紙（明治三十七年二月八日付）で、そこには漱石の次のような詩が書かれていた。

水底の感　　　　　　藤村操女子

水の底、水の底。住まば水の底。深き契り、深く沈めて、永く住まん、君と我。
黒髪の、長き乱れ。藻屑もつれて、ゆるく漾《ただよ》ふ。夢ならぬ夢の命か。暗からぬ暗きあたり。
うれし水底。清き吾等に、譏《そし》り遠く憂透らず。有耶無耶の心ゆらぎて、愛の影ほの見ゆ。

これを素直に解釈すれば、藤村の恋人の作った詩という設定で、内容は後追いした彼女が藤村と水底で結ばれるといったあたりか。もちろん、そのような事実があったわけではなく、漱石の意図は謎である。ともかく、漱石が新天地一高での出鼻をこの事件で挫かれたことだけは間違いなかった。

しかしスタートこそ問題があったが、その後の一高での講義は大学に比すれば格段に順調であった。漱石は出席簿を読み上げるにもすべて英語を用いて、Mr.—と生徒を呼んだ。生徒は最初こそそうした口調をまね、またいじわるな質問で挑んだが、逆に漱石に早口の英語で反撃されて一蹴された。それだけ英国帰りの漱石の英語力は圧倒的だったのである。また野上によれば漱石は「こわもて」であり、他の教師のように生徒の嘲笑の的になることは絶対になかった。

漱石が一高の講義で赴任した当初使用していた教科書は、前任者から引き継いだS・ジョンソンの『ラセラス』(Samuel Johnson : The History of Rasselas, Prince of Abissinia) で、この本は当時の中学・高校でよく使われていた。その他、漱石の選定した本で重要なのはR・スティーブンソンの『自殺クラブ』(Robert Stevenson : The Suicide Club) である。スティーブンソンは漱石自らが最も愛読した作家の一人であり、中でも『自殺クラブ』を収めた『新アラビアンナイト』(New Arabian Nights) は、短編を集めて一つの長編を作る形式で、『彼岸過迄』の手法のモデルにもなっている(板垣直子『漱石文学の背景』、鱒書房)。

高等学校ハスキダ

一高での漱石の教授法が語源学を重視したものであったことは、先に松山中学のところで触れた。五高ではある程度英語力のついた生徒に対して教科書をどんどん読み進めていった漱石が、五高よりも学力の高い生徒の揃った一高で一転して中学の指導法に戻っているのが興味深い。これはなぜか。恐らく、同時に教えていた大学生の英語力の低さが影響していたのだと思う。

漱石は初めて教えた大学で、自分の時代よりも学生の英語レベルがかなり低下していることを肌で感じた。そこで、将来その大学に入学する一高の生徒に対して、留学前の五高時代よりも一段下げた、単語や文法といった生の英語力から鍛えようと考えたのだろう。その証拠に上級生になるにつれて、漱石は語源的な説明を減らし、講義の進度を早めているのである。

漱石の講義を一高で受けた生徒の多くは大学でも習ったから、どうしてもその回想は大学時代が中心となりがちである。その中で『銀の匙』の中勘助は、一高での漱石の教師振りを生々しく伝えている。新しい英語の先生は生徒をいじめるらしいという評判を聞いていた中は、まず最初の講義で漱石の発音に衝撃を受けた。

先生が新にはじまる章の最初の言葉を読みはじめた時のその特色のある発音を忘れはしない。それは所謂恐ろしく気取つた……それだけ正確な……発音のしかたで、少し鼻へぬける金色がゝつた金属性の声であつた。（「漱石先生と私」）

中はこの漱石の声を聞いて、「こいつはたまらないぞ、いぢめられるぞ」と警戒心を持った。漱石はその予想に違わず生徒を絞ったが、中は「ちつとも毒気のないやり方なので生徒に不快を与へるやうなことは少しもなかつた」と述べている。また、漱石は日頃の講義で単語の反意語を尋ねることが多かったので、試験前にその復習をしたところ、やはりその通りの問題が出た。おもしろいのはここからである。

先生は一生懸命答案を捏造してゐる生徒の机の間をまはりはじめた。単語で弱つてる者があるらしい。前の方で先生はある一人の書いてゐる答案を見ながら、

「こんな字はありませんよ。お直しなさい」

といつたやうなことをいつてゐる。私は面白い先生だと思つた。

漱石の採点が講義から抱く印象に比べて甘かったのは五高時代の試験で既に指摘した。しかし、ここではそれどころか、誤った綴りを書いた生徒に試験中に救いの手を差し伸べている。自分の

大学時代に、綴りを一つ間違えただけでディクソンに減点されたことへの反動で、生徒のミススペリングに寛大になったのであろうか。講義の雰囲気とのあまりの落差に驚くばかりである。

当時の漱石の手紙を読むと、大学を辞めたいと願う一方で、高校での教師活動にはまずまず満足していたようだ。

第一高は遥かにのんきに候熊本より責任なく愉快に候

（明治三十六年五月二十一日付、菅虎雄宛）

確かに、専任教授で英語科主任までしていた五高時代に比べて、一高は嘱託講師の気楽な身分であった。しかし、身分に関しては帝大も同じく嘱託である。それが大学は嫌で「高等学校ハスキダ」（六月十四日付、菅虎雄宛書簡）と正反対の感想になったのは、やはり大学に対しては就任時のわだかまり、すなわち「英文学」を教えることへの躊躇が消えなかったのだと思う。それに比べれば、「英語」を教える高校は精神的にずっと負担が軽かったに違いない。また一高の生徒も生意気ではあったが、少なくとも帝大生のように漱石に反感を持っていなかったことも、見逃せないポイントである。

名誉挽回

話を再び大学に戻そう。明治三十六（一九〇三）年九月二十九日、漱石は『サイラス・マーナー』の代りに一般講義としてシェークスピアの『マクベス』(Macbeth) を講義した。その模様を金子健二は次のように伝える。

夏目先生の『マクベス』評釈の授業があつた。一般講義として此の新学年度から試みられるのである。文科大学の教室の中で一番大きな教室第二〇番の広い室が聴講生で立錐の余地が無い程満員札止めの好景気であつた。

（『人間漱石』）

金子はこの大盛況の理由に、漱石の解釈が正確でその批評が学生の興味を引いたことと、川上音二郎と貞奴がシェークスピア物を上演して当り、学生のシェークスピアへの関心も高まったことを挙げている。ただ前者は、第一回の講義から「満員札止め」になる理由としてはおかしい。少なくとも最初の講義については、早稲田大学での坪内逍遥のシェークスピア講義の評判や西洋演劇への好奇心が、学生の足を漱石の講義に向かせたのだと考えられる。そして漱石も彼らの期待に十分応える講義を行った。

『マクベス』を聴く。夏目先生の訳解は正確適切にして一点のあいまいな所なし。先生は非常

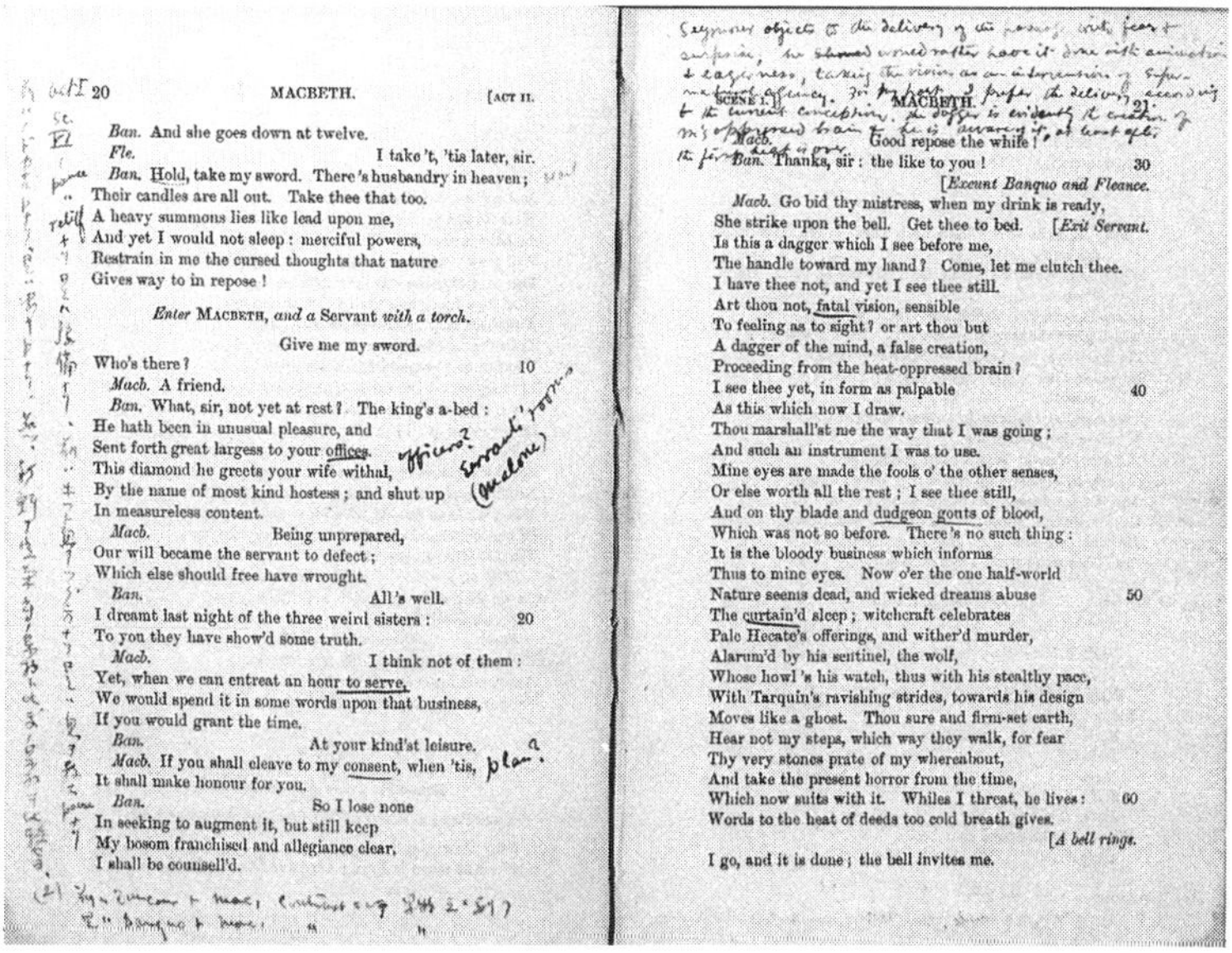
20 MACBETH. [ACT II.

Ban. And she goes down at twelve.
Fle. I take 't, 'tis later, sir.
Ban. Hold, take my sword. There's husbandry in heaven;
Their candles are all out. Take thee that too.
A heavy summons lies like lead upon me,
And yet I would not sleep: merciful powers,
Restrain in me the cursed thoughts that nature
Gives way to in repose!

Enter MACBETH, *and a* Servant *with a torch.*

Give me my sword.
Who's there?
Macb. A friend.
Ban. What, sir, not yet at rest? The king's a-bed:
He hath been in unusual pleasure, and
Sent forth great largess to your offices.
This diamond he greets your wife withal,
By the name of most kind hostess; and shut up
In measureless content.
Macb. Being unprepared,
Our will became the servant to defect;
Which else should free have wrought.
Ban. All's well.
I dreamt last night of the three weird sisters:
To you they have show'd some truth.
Macb. I think not of them:
Yet, when we can entreat an hour to serve,
We would spend it in some words upon that business,
If you would grant the time.
Ban. At your kind'st leisure.
Macb. If you shall cleave to my consent, when 'tis,
It shall make honour for you.
Ban. So I lose none
In seeking to augment it, but still keep
My bosom franchised and allegiance clear,
I shall be counsell'd.

SCENE I.] MACBETH. 21

Macb. Good repose the while!
Ban. Thanks, sir: the like to you!
[*Exeunt Banquo and Fleance.*
Macb. Go bid thy mistress, when my drink is ready,
She strike upon the bell. Get thee to bed. [*Exit Servant.*
Is this a dagger which I see before me,
The handle toward my hand? Come, let me clutch thee.
I have thee not, and yet I see thee still.
Art thou not, fatal vision, sensible
To feeling as to sight? or art thou but
A dagger of the mind, a false creation,
Proceeding from the heat-oppressed brain?
I see thee yet, in form as palpable
As this which now I draw.
Thou marshall'st me the way that I was going;
And such an instrument I was to use.
Mine eyes are made the fools o' the other senses,
Or else worth all the rest; I see thee still,
And on thy blade and dudgeon gouts of blood,
Which was not so before. There's no such thing:
It is the bloody business which informs
Thus to mine eyes. Now o'er the one half-world
Nature seems dead, and wicked dreams abuse
The curtain'd sleep; witchcraft celebrates
Pale Hecate's offerings, and wither'd murder,
Alarum'd by his sentinel, the wolf,
Whose howl 's his watch, thus with his stealthy pace,
With Tarquin's ravishing strides, towards his design
Moves like a ghost. Thou sure and firm-set earth,
Hear not my steps, which way they walk, for fear
Thy very stones prate of my whereabout,
And take the present horror from the time,
Which now suits with it. Whiles I threat, he lives:
Words to the heat of deeds too cold breath gives.
[*A bell rings.*
I go, and it is done; the bell invites me.

帝大文科大学の講義で使用した『マクベス』
漱石の書き込みが見える

に緻密な頭を持つて居らる、やうに思はれた。（中略）先生の英文解釈力は文法的に見てすばらしいものがある。（『人間漱石』）

『サイラス・マーナー』の頃の評判は一変し、法科や理科の学生も聴講に来て、漱石は一躍文科大学最高の人気講師となった。それに対して、漱石と一緒に英文科の講師になった上田敏とA・ロイド（Arthur Lloyd）の講義は閑古鳥が鳴いていた。

ここで漱石の講義の始まりを再現してみたい。まず、漱石は始業の鐘が鳴るとすぐに教室にやって来る。山高帽をかぶったまま右手に紫色の風呂敷を抱え、その腕に晴れの日は握りの太いステッキ、雨の日は蝙蝠傘を引っ掛けた漱石は、学生の机の間を通って教壇に上がる。そして、学生に目礼しながら帽子とステッキを窓際に置き、懐中時計の蓋を開けて教卓の上に据えると、次におもむろに風呂敷を開く。中に入っているのは二種類の版の『マクベス』（講義用の Arden Shakespeare と参照用の Deighton 注釈の本）で、風呂敷を丁寧に畳んだ漱石は立ったまま講義を始める。最初の言葉はたいてい「今日はどこどこから」である。

『マクベス』を教えていた少し以前から漱石の神経衰弱はひどくなり、教室でも憂欝な顔をしていたり、苦悶の表情を浮かべることが少なくなかった。ただ、小柄な体に似合わず声は大きく、語調はゆったりして講義は聞き取りやすかった。布施知足の「漱石先生の沙翁講義振り」によってその講義振りを拝見しよう。

〈教科書本文〉

Macb.　If we should fail?

Lady M.　We fail.　—Act I, Scene vii

〈漱石の講義〉

名優Mrs. Siddonsといふのは殊にLady Macbethを扮するに妙を得た人ですが、この女が此のWe failといふ一句を三様に言分けたといふ。一つはWe fail?とinterrogation（疑問—筆者注）になるので、一つはWe fail!とexclamation, もう一つは平らかにWe fail.としてperiodで終るのです。第一のはやゝcontemptの意がある、第二のは重々しく、第三の軽いのはIf we fail, we failといふ一個の諺があるのを其まゝ用ゐたのであらうといふ。三つの中どれでも宜しい、気に入つたのをお採りなさい。一寸私も三様に分けて読んでお聴かせ申したいが、私なんかの読み様では何にもならない、failするといけないから、先ず御免を蒙りませう

漱石によるシェークスピアの講義の特色は、単なる既存の注解に基づく語釈にとどまらず、独自の視点で解釈した上で、しばしば本文批評も試みるところにあった。次の説明などはまさに漱

石の面目躍如である。

此の中で silver skin だとか golden blood だのといふのは拙い metaphor（隠喩―筆者注）ですね、こんな事を言つて印象を強くする処が、却つて感興を壊してしまふ、metaphor を使ふのならもつと適切なものを選んで用ゐなければ啻《ただ》に労して効なし処ぢやありません、寧ろ害がある位のもので、例へば月並流の俳句といふと大抵そんな面白くもない隠喩を並べて得々としてゐる。私共が月並風の俳句を斥けるのも一つはこの処もあるのです。

漱石はこの後も、大学を去るまでシェークスピアを講義し続けた。その順番は『マクベス』『リア王』『ハムレット』『テンペスト』『オセロ』『ベニスの商人』『ロミオとジュリエット』である。このうち『オセロ』については、野上豊一郎の講義ノートによる評釈が全集にも収録されているが、それ以外はごく断片的な記録しか残されていないのが惜しまれる。

『文学論』と『文学評論』

一般講義のシェークスピアと並行して開講された英文科の学生向けの講義は、前学期と同じく「英文学概説」であった。ただし今回は形式論ではなく内容論に入り、この講義は後に単行本『文学論』（大倉書店）として刊行されている。なお森田草平によれば、当時から多くの大学教授

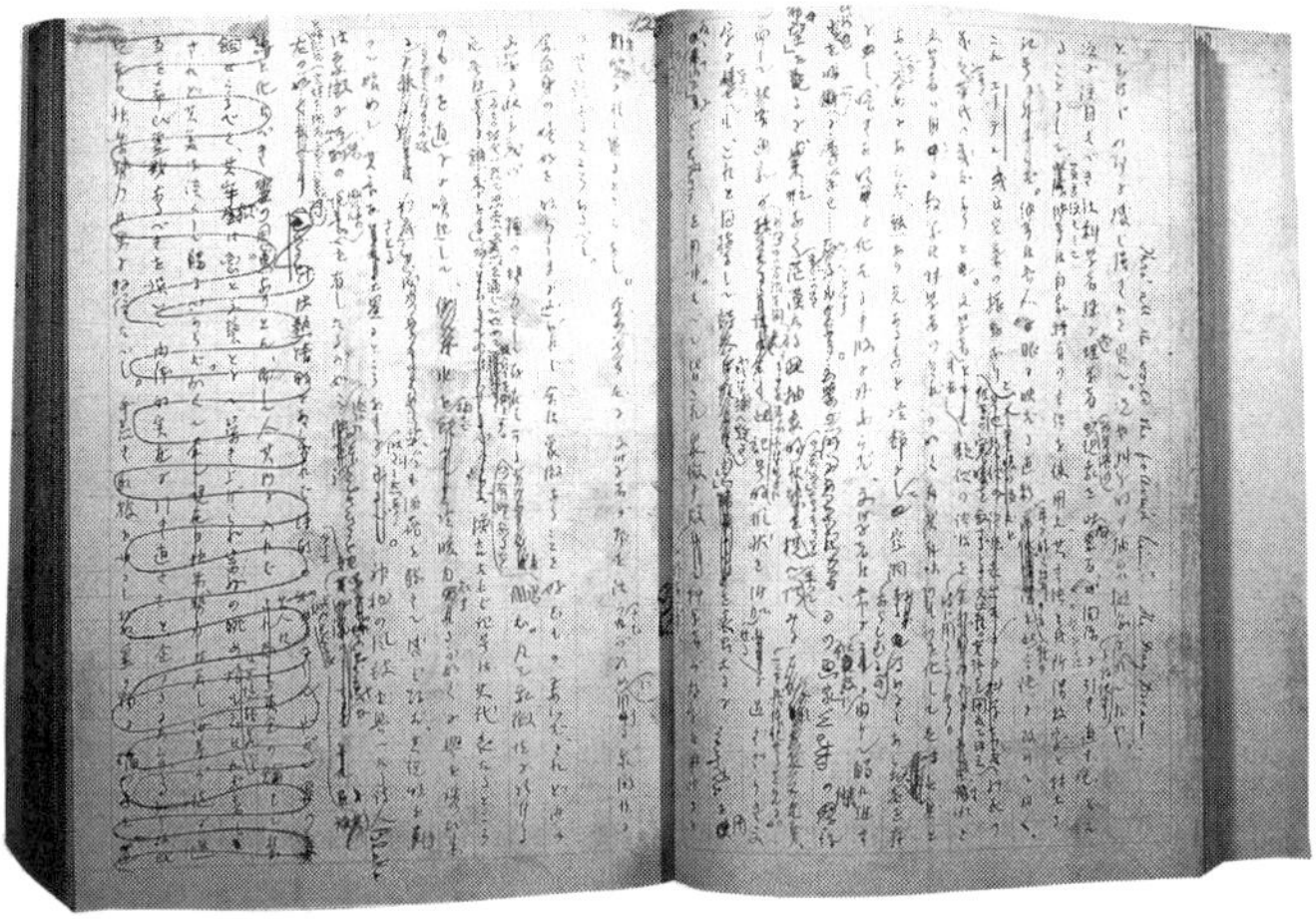

びっしり書き込まれた『文学論』草稿

は毎年同一の講義を繰り返していたが、漱石は新学年には必ず新しいことを教えた。

「英文学概説」は内容論に変わったものの、『マクベス』のような好評を博したわけではなかった。英文科の学生は漱石の講義から、美しくあるべき英文学の柔肌を鋭く冷たいメスで切り裂かれるような印象を抱き、同時に英文科学生としての自負心をも傷つけられる思いを持った。金子に言わせれば、まさしく漱石は「文学解剖教室の外科主任」であった。もっとも、漱石自身もこのことは多少自覚していたようで、『文学論』の序にも「文学の講義としては余りに理路に傾き過ぎて、純文学の区域を離れたるの感あり」とある。

漱石は、自分が予期していたほどの刺激を学生に与えられなかったと『文学論』の序で語っているが、現実には『マクベス』の影響もあってか、「英文学概説」も次第に学生の評価を得られるようになってきた。

先生は愈々得意の題目たる内容の方へ入つて来て、例のF＋fの議論になつて来ると、何しろ今迄小泉先生の詩のやうな講義ばかりに親しんでゐた学生は、此の文学の原論に突込んだ、心理学的美学的乃至哲学的な理智の議論に、等しく驚異敬服して了つた。自分の考への上に組立つた文学の原論を大学の講堂で堂々と聞かせてくれた先生に接して学生はどんなに啓発されたらう。

（松浦一「『文学論』の頃」）

この「英文学概説」の講義は、明治三十六年九月二十二日から明治三十八年六月（日付不詳）まで二年かかって終了した。漱石は引き続き六月から「十八世紀英文学」の講義を始めている。後の単行本『文学評論』（春陽堂）の元になったものである。中勘助と野上豊一郎は、漱石が「十八世紀英文学」の講義に際して、洋罫紙に細かい字でびっしりと書き込んだ講義ノートを一、二枚持って来ていたことを記憶している。漱石はいよいよ神経衰弱が激しくなっていた時代で、講義の折も青い顔をして大きなため息をついたり、指をなめては教卓の上に字をなぞるような行為をして学生を心配させた。

しかし、講義そのものは相変わらずメスのように切れ味鋭いものであった。それと同時に、中によれば漱石は学生に親切で、無意識に首をかしげたりすると「わかりませんか」と言って説明を繰り返してくれた。また引用する英文の中のスペルがわからないと、「この位の字を知らなくちゃいけませんよ」と言いつつ綴りを教えてくれたという。また、シェークスピアの講義で漱石が独自の視点で語釈や批評を試みたことは先に述べたが、「英文学概説」と「十八世紀英文学」でもその姿勢は変わらなかった。

勿論講義されたものは英文学であつたけれども、先生の趣意は単に英文学を研究するのではなくて、英文学を通じて自分の文学上の意見を発表することでありました。これは先生自らも公言されてゐることです。之をほかの言葉に翻訳して云ふと、先生は何処までも日本人として、夏目金之助として生きてゐられたのです。

（野上豊一郎「夏目先生と英文学」）

そして、小説という直接自己の考えを他者に伝える「道具」を手にした時、思想の媒介物にすぎなかった英文学は、漱石の中でその主たる存在意義を喪失したのである。

変化した試験問題

ところで、漱石文庫には漱石が一高で作った試験問題が数多く収められ、また帝大で出題した問題も二種類ある。まず前者から見ていきたい。

漱石の英語教授法が五高と一高で違っていたことは既に指摘した。しかし試験問題については、一高での初期のものは五高時代の後半のものとかなり共通性があり、出題傾向はバラエティに富んでいた。ここでは、一高に着任した年の最初の学期における二部（理工科）一年の試験問題（明治三十六年六月十五日）を挙げてみよう。（左頁）

1、反意語（十題）

例、①homogeneous ②normal ③retrospect ④chaos ⑤eject ⑥facility

2、相違点の指摘（五題）

例、①allusion, suggestion
②to deal in, to deal with

3、動詞の変換（二題）

例、The earth's surface is subject to constant change.

456、英文和訳（三題）

例、Sunday in London is the very worst adapted for pleasure. There is a gloom on that day which seems to hang over us, a weight in the air.（以下略）

この問題と五高で漱石が出題した試験問題とのレベルを単純に比較するのは難しい。実は高等

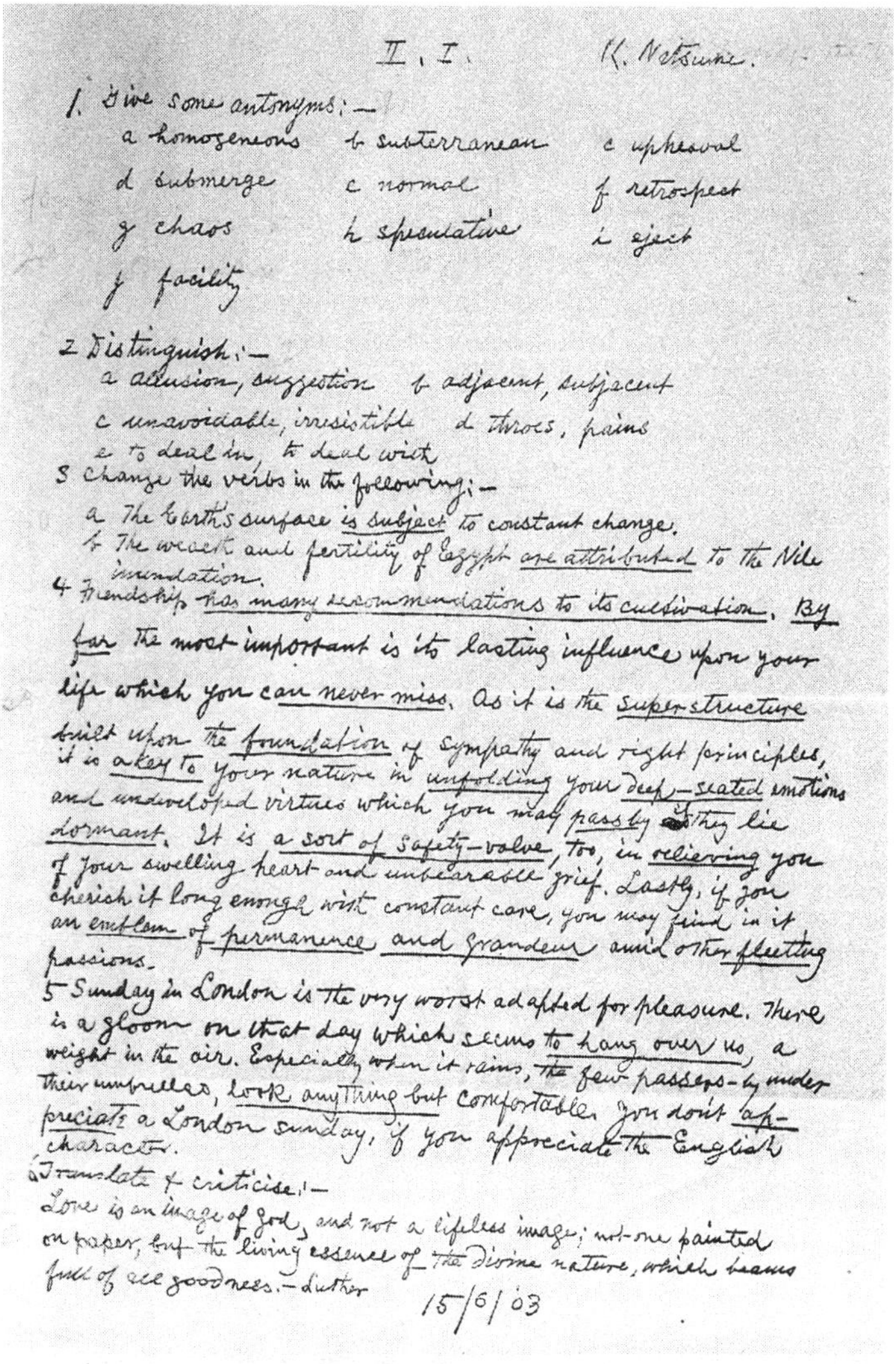
II, I.　K. Natsume.

1. Give some antonyms:—

a homogeneous　b subterranean　c upheaval
d submerge　e normal　f retrospect
g chaos　h speculative　i eject
j facility

2 Distinguish:—

a allusion, suggestion　b adjacent, subjacent
c unavoidable, irresistible　d throes, pains
e to deal in, to deal with

3 Change the verbs in the following:—

a The Earth's surface is subject to constant change.
b The wealth and fertility of Egypt are attributed to the Nile inundation.

4 Friendship has many recommendations to its cultivation. By far the most important is its lasting influence upon your life which you can never miss. As it is the superstructure built upon the foundation of sympathy and right principles, it is a key to your nature in unfolding your deep-seated emotions and undeveloped virtues which you may pass by as they lie dormant. It is a sort of safety-valve, too, in relieving you of your swelling heart and unbearable grief. Lastly, if you cherish it long enough with constant care, you may find in it an emblem of permanence and grandeur amid other fleeting passions.

5 Sunday in London is the very worst adapted for pleasure. There is a gloom on that day which seems to hang over us, a weight in the air. Especially when it rains, the few passers-by under their umbrellas, look anything but comfortable. You don't appreciate a London sunday, if you appreciate the English character.

6 Translate & criticise:—

Love is an image of God, and not a lifeless image; not one painted on paper, but the living essence of the Divine nature, which beams full of all goodness.—Luther

15/6/03

一高二部（理工科）１年生試験問題（明治36年）

学校の入学試験は明治三十五（一九〇二）年から共通問題となり、その結果、各高等学校の入試難易度がはっきりとした。例えば明治三十六年度の試験では、一高入学生の最低点がすべての部と類において八校中トップであったのに対して、五高はよくても三位が精一杯で、得点でも一高とは数十点から百点以上の開きがあったのである（竹内洋『〈日本の近代 12〉学歴貴族の栄光と挫折』中央公論新社）。

この現実を漱石が知っていたならば、試験問題のレベルも当然違ってしかるべきだが、漱石は一高の生徒がとりわけ優秀だという自覚は、少なくとも赴任したての頃は持っていなかったようだ。従って、五高より意図的にレベルを上げた様子は問題を見る限りではない。

ところがこの従来型の出題形式に加えて、明治三十九年頃から、漱石は一高で長文の解釈だけを問う問題も出題するようになった。例えば、明治三十九年六月の二部一年と三部（医科）二年の共通問題では、I〜Vまでの長文のみが問題用紙に書かれ、IとIIについては「一字句ニ拘泥セズ明瞭純粋ナル日本語ニテ大意ヲ認ムベシ」と指示がなされている。これは後述する大学の試験問題に近い形式であり、漱石が単語や文法の知識を確認する設問を外した理由は明らかでないが、あるいは一高生の学力を再評価した上での変更かとも推測される。

英文科らしい問題

次に大学の試験問題を見ると、先に記したように、帝大で課した最初の試験問題は次の二つであった。

一般講義（『サイラス・マーナー』）

『サイラス・マーナー』の梗概と、これが批評を英文にて記せ。

英文科学生対象の講義（英文学概説）

四月以来口述せし講義の大要を述べ、且つこれが批評を試みよ。

高校生に対する問題と形式が大きく異なるのは一見明瞭である。ただこの試験については、学年途中の最終学期だけ講義を担当したことや学生の態度に憤慨していたこともあり、「一風変った形式で出題する」と宣言したものだから、その後も同じような問題を作成したとは思えない。そこで、漱石文庫にある二種類の大学の試験問題を確認する。

問題A（明治三十七年、一年対象）

I、選択問題（四題から一題選択）

例、1. Contrast Macbeth and Lady Macbeth.

2. Give some instances of what we call 照応 from ‘Macbeth’.

II、英語での言い換え (paraphrase)

III、英文和訳（二題）

このAは問題の内容から一般講義『マクベス』の試験である。従って、問題用紙には明治三十七年としか書かれていないが、この試験が実施されたのは『マクベス』の開講時期から考えて同年三月と推定される。

問題B（明治三十七年、二・三年対象）

I、Distinguish between the artistic and the scientific truth.

II、"A poem" says Shelley, "is the very image of life expressed in its eternal truth." Criticise the statement.

III、（省略）

Ⅳ、批評せよ（三題）

例、ワーズワースの詩

こちらは三月に実施された英文科の学生への「英文学概説」の試験問題であろう。AB共に細かい英語の知識を問うものでないのは共通している。そしてとりわけ、Bで英文和訳も消えているのが重要で、これは漱石が英文科の上級生に対して、生の英語力を試すという意思がなかったことの現れだと思う。

ここで思い出されるのが、漱石が大学の英文科時代に教えを受けたディクソンの試験問題である。それはワーズワースの誕生日や死んだ日、シェークスピアのフォリオの数、そしてスコットの著作の順番などを問うものであった。これに対して漱石は、「果してこれが英文学か何うだか」と強い疑念と不審を抱いていた。それから十数年の歳月が過ぎ、母校に戻ってきた漱石は、昔日の記憶を蘇らせつつ問題を作ったのかもしれない。

なお金子によれば、明治三十七年六月に行われた「英文学概説」の学年末試験の問題は、六題中二題が講義の内容に関係のあるもので、ただし教えられたままを書くのではなく批評せよという条件であった。残りの四題はつかみどころのない問題で、やはり批評的立場から書くことを要求された。時間は無制限で、九時から始まった試験で正午までに答案を提出したのはわずかに二人、午後二時まで粘った者もいたという。五時間頑張った学生も立派だが、辛抱強くつき合っていた漱石も実に偉いものだと思う。

漱石校訂の教科書

漱石は帝大・一高在職中に次の二種類の教科書を校訂した。

一、『New Century Choice Readers』全五巻（開成館）
　中学校一～五年生用の教科書

二、『New Century Supplementary Readers』全三巻（開成館）
　中学校一～五年生と師範学校用の副読本

この『New Century Supplementary Readers』の校訂については鏡子夫人が回想している。

　教科書の出版をしてゐる開成館から、英語の本を編纂したから見てなほしてくれないかと申して参りまして、それに筆を入れてやりました。（中略）本が出来て参りました。見るとそれには、たゞなほしてくれと言つて来たからなほしてやつたのに、れいくしく夏目金之助著とか何とか名前が出てゐます。（中略）たしか"English Supplementary Reader"とかいふ、中学上級生か卒業生程度の補習読本で、英語の面白い物語を集めたものとか申します。

（『漱石の思ひ出』）

漱石は勝手に名前を使われたとして詫び証文を取った代りに、本の発行については黙認したようだ。ただ鏡子夫人の回想とは違って、漱石は本の上では著者とされているわけではなく、校訂と印刷されているにすぎないのだから、それほど目くじらを立てる必要もなかったように思える。実際に漱石はどの程度この本に関与したのか。『漱石全集』第二十七巻の解説によれば、漱石の蔵書の中に次のような書き込みが見られる。

カツテ、アル読本ヲ校訂シテ非常ナ名文ニ出合ツテ少々驚ロイテ結末ニ至ルト Daudet ト署名シテアツタノデ成程ト思ツタ

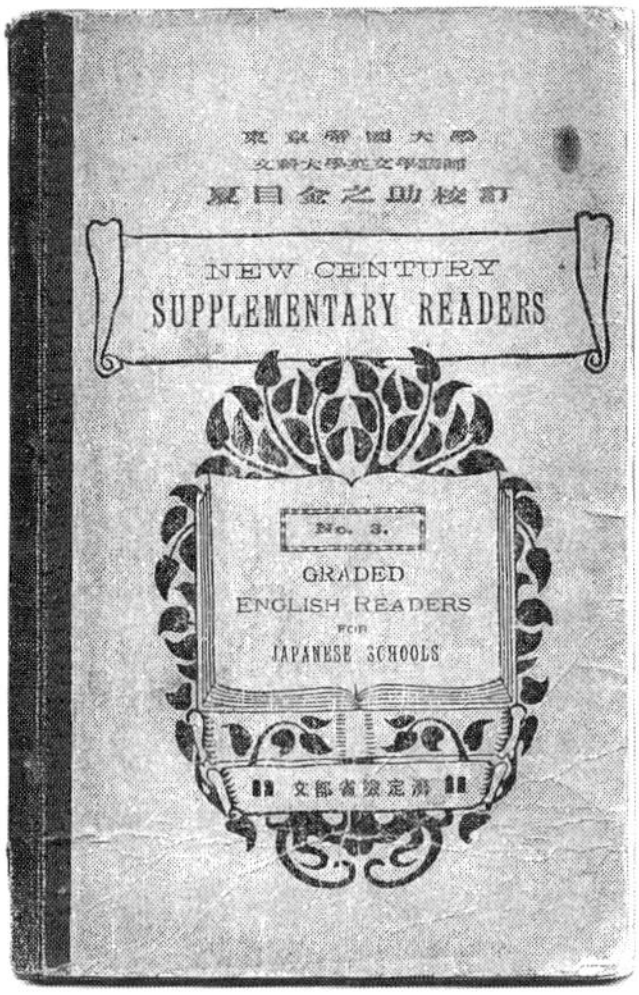

漱石校訂の教科書　表紙に「夏目金之助校訂」とある

この名文とは、A・ドーデの『最後の授業』(Alphonse Daudet : The Last Class) のことで、『New Century Supplementary Readers』第二巻に A Story of a Little Alsatian というタイトルで収録されている。

この書き込みからわかるのは、漱石が作品の選定に関与していなかったことと、選ばれた

英文には目を通していたことである。
第二章で見てきたように、漱石は教科書について独自の意見を持っていた人物なので、自分で編纂した教科書でなかったことは惜しまれる。もう一つの『New Century Choice Readers』についても、漱石ならではという特色はなかった（出来成訓「漱石の英語教科書」）。なお哲学者の河野與一は、神戸一中の二年生の時に『New Century Supplementary Readers』を副読本として習ったと書いている（「夏目金之助校訂」）。この二種類の教科書の書誌は明らかでないものの、河野が使用したのは明治四十三年以降だから、ある程度は使われたと考えられよう。

賃上げ交渉

五高時代の漱石は学生の面倒見がよい教師だったが、帝大時代はこれが一層顕著になり、特に学生にとって最も関心のある就職で漱石は八面六臂の活躍振りであった。ここでは明治三十八（一九〇五）年、英文学科卒業の浜武元次を例に取ろう。山形の庄内中学校から求人を受けた漱石は浜武に手紙を送った。

庄内中学にて英語教員一名入用の由にて相談をうけ候月給は六〇のよし或は六十五位になるかも知れず（中略）御覚召もあらば履歴書一通郵便にて御廻付願上候
（明治三十八年七月十五日付）

漱石は同じ日に金子健二にも同趣旨の手紙を書き、偶然本人と会ったので口頭でも伝えたが、金子は三日後に敬愛していた祖母が急死したこともあって履歴書を送らなかったらしい。一方、浜武は履歴書を送付した。漱石の次の浜武への手紙は八月三日付である。

先方では大に希望があるが七十円出すのを困難に感じて居る。僕は七十以下では英文卒業生は庄内抔へ行かぬと云ふて置いた。

ここで七十円はもちろん月給のことである。六十円から七十円への引き上げを最初に希望したのは、漱石ではなく浜武かもしれない。しかし、いずれにせよ漱石は、それほど関係の深くない学生（浜武宛の手紙では宛名の名前を間違えている）のために「庄内抔へ行かぬ」とまで言って頑張っているのである。ちなみに浜武は庄内に行かなかった。賃上げ交渉が不調に終わったのであろうか。

また、漱石は教職についた学生にも心遣いを忘れなかった。五高以来の教え子である野間真綱が日比谷中学を辞めようと考えていた時、大学を卒業したばかりの者が二十五、六時間の授業に耐えられないようでどうするのか、三十から四十時間でも多くないと励ましている。

さらに、漱石は私的にも一部の現役の学生と親交を深めていた。後に漱石門下生として名をなす人との交流については広く知られているので、ここでは無名の野村伝四との関わり合いを漱石の手紙で確認する。野村は漱石が帝大講師となった明治三十六年の入学生で、三十九年に卒業し、後に各地の中学校長を歴任した。同郷（鹿児島）の先輩である野間を通して漱石宅に出入りするようになったが、『漱石全集』に収録された野村の在学中の漱石からの手紙は実に四十五通あり、これは現役の学生宛では断然トップである。

明治三十七年二月十四日に初めて野村にはがきを送った漱石は、同年六月三日から二十二日までの二十日間に六通のはがきを書いた。これを見ると、三日付は「野村伝四仁兄大人閣下」とおふざけの宛名であり、四日には「野村伝四先生」宛の自筆絵入りのはがきを二枚も送っている。この二枚も冗談めかしたもので、どちらも絵にちなんだ文句が添えられていた。

はがきA
No. 1　Yellow Flames of Mr K. N.
僕の気焔を吐いて居る処だよ

はがきB

No. 2　英雄之末路

夏目講師気焔を吐き過ぎて免職猿廻しとなる処

この通り、漱石は一学生にすぎない野村に異様なほどくだけた手紙を書いている。その上、漱石は野村に色々なことを依頼するようになる。

僕或人からたのまれてモロッコ国の歴史の概略をしらべる事を受合つたが多忙でそんな事が出来ない君二三時間を潰して図書館に入り五六ページ書いてくれ給へ御願ひだから（中略）是非やつてくれなくてはいけない、いやだ抔といふと卒業論文に零点をつける

（同年九月二十三日付）

そして漱石はその卒業論文の審査についても、野村の同級生の森田や中川芳太郎（『文学論』の編者）より十日以上も前に、本人が安心するような連絡をした。

君のエッセイは英語がまづいね。然し他に御仲間があるから大丈夫だ

（明治三十九年五月七日付）

弟子思いの漱石にしても、野村への手紙は他の門下生宛よりも一層親しげな書きっぷりであっ

た。これほどお気に入りになった理由は不明だが、野村の卒業後も、朝日新聞社に給料を取りに行くことを頼んでいる（明治四十年八月二十三日付書簡）ところを見ると、漱石とよほど相性がよかったとしか思えない。そして二人の交流は漱石の生涯を通じて良好であった。

野村は特異な例であったにせよ、漱石を慕う他の在学生や卒業生も自宅を始終訪問したので、ついに明治三十九（一九〇六）年十月、漱石は木曜日の午後三時以降を弟子の面会日とした。いわゆる木曜会の始まりであり、漱石が教師を辞めた後もメンバーの変遷こそあれ、その死の一か月前まで連綿と続いたのである。

『吾輩は猫である』

明治三十八（一九〇五）年一月一日発行の雑誌『ホト、ギス』に『吾輩は猫である』が発表されると、漱石の文名はあっという間に高まった。執筆と講義の二足のわらじを履くこととなった漱石は、一層、教師を辞めたがるようになる。

僕は今大学の講義を作つて居る。いやでたまらない。学校を辞職したくなつた。学校の講義より猫でもかいて居る方がい、（明治三十八年四月七日付、大塚保治宛）

ただ、漱石には簡単に辞めることのできない事情があった。一つは二年間の官費留学の代償として四年間、明治四十年三月まで教えなければならない義務年限の存在である。もう一つは経済的な問題であった。漱石は帝大から年俸八百円、一高から七百円支給された上に、明治三十七年九月より明治大学予科にも毎週土曜日に出講し、四時間で月給三十円もらっていた。従って年収は千八百六十円ということになる。わざわざ土曜日まで教えに行っていたのも家計の足しにするためで、教師を辞めた場合の安定した収入源の確保は漱石にとって大きな問題であった。

もっとも教師を続けるにしても、漱石は講師待遇なので、いつ職を失うかわからないという不安を絶えず抱いていた。明治三十九年七月、京都帝国大学文科大学の初代学長に就任した狩野亨吉から同大学での英文学講座担当を依頼された漱石は、「当地高等学校を根拠地と致しこゝにて相当の待遇を得ば小生は夫にて満足」として一高の専任教授就任の希望を伝えている。その上で、もしそれが適わない場合は京都行きを考えたいと書き送った（明治三十九年七月十九日付）。ゆえにこの頃の漱石は、まだ教職に残ることを希望していたものと思われる。

だが『吾輩は猫である』に続いて『坊っちやん』が登場し、作家としての地位が不動のものになると、状況は変わってくる。まず、明治三十九年の年収に占める原稿料と印税の割合は、教師の収入の合計より遥かに高くなった。しかも安定した収入という点でも、読売新聞社が月六十円にて隔日で「文壇」という欄を担当するように頼んできたのである。この申し出に対して、漱石は帝大だけ辞めて受けようかとも思ったようだが、結局は断っている。これについて漱石は、帝大が八百円、読売新聞が七百二十円と年収が下がることがその理由ではないと言う。

読売から八百円くれるにしても毎日新聞へかく事柄は僕の事業として後世に残るものではない（中略）只一日で読み捨てるもの、為めに時間を奪はれるのは大学の授業の為めに時間を奪はれると大した相違はない。そこで僕は躊躇する。（明治三十九年十一月十六日付、滝田樗陰宛）

あわせて漱石は、読売新聞が終生自分の面倒を見てくれるわけではなかろうと書いている。つまり長期の身分保障まで念頭に置いて、転職を躊躇したのである。

教壇を去る

翌明治四十年になると、今度は朝日新聞社が五高時代の教え子の白仁三郎を窓口に、漱石との交渉を試みた。しかも月給二百円、年に一回新聞に連載小説を書けばよいという破格の好条件で、漱石の心は大きく動かされた。ところがなんと、ちょうど朝日新聞との話が進んでいる頃、漱石は学生時代からの友人で帝大教授（美学担当）の大塚保治から、英文学講座の教授就任を打診されたのである。

現在でも東大教授と言えばたいしたものだが、当時の東京帝国大学教授の権威は、今とは比較にならないほど高いものであった。なにしろ日本に大学が二校しかない時代である。一方、作家は今日のように社会的に認知された職業ではなかった。また朝日新聞も現在の評価とはほど遠い存在だったと言える。従って常識的に考えれば、大学教授の職を捨てて新聞社に入り、創作活動

文科大学英文科卒業記念（明治39年6月）
前列左より二人目が漱石

をするなど狂気の沙汰であった。だが漱石はその道を選んだ。

漱石が朝日新聞入社を選択した理由の一つはやはり経済的な問題であろう。大学教授の月給は百五十円で、文筆活動も制限を受けることが予想されるので、当時月二百円は必要とした夏目家の家計からすると厳しかった。

しかしそれ以上に、漱石は世の人が尊敬するほど大学教授を偉いとは思っていなかった。そもそも、漱石はずいぶん遠回りして大学を卒業し、しかも松山・熊本と地方の学校を渡り歩いたので、いわゆる出世という点からもかなり損をしている。しかも専攻した英文学は当初日本人の教授を登用していなかったし、漱石自身の留学中の悪評もあったので、四年間も講師の立場に甘んじていた。例えば、一歳年下の大塚が漱石より三年早く大学を卒業し、とうに大学教授になっていたことを考えれば、いかに漱石が不遇であったかわかる。

こうしたことも影響したのか、漱石は一貫して大学教授に批判的な目を向ける。大学を去ることが決まった後の野上への手紙でも、漱石はこう皮肉を言う。

世の中はみな博士とか教授とかを左も難有きもの丶様に申し居候。小生にも教授になれと申候。教授になつて席末に列するの名誉なるは言ふ迄もなく候。教授は皆エラキ男のみと存候。然しエラカラざる僕の如きは殆んど彼等の末席にさへ列するの資格なかるべきかと存じ。思ひ切つて野に下り候。

(明治四十年三月二十三日付)

後年、博士号の授与を断固として拒絶した漱石の源流を見る思いがする。最終的に漱石は細かい雇用条件を確認した上で東京朝日新聞社入社を決断し、明治四十年三月二十五日、一高に引き続き帝大の講師退職願を書いた。ここに教師夏目金之助は消え、名実共に作家夏目漱石が誕生したのである。

第五章　作家漱石と英語教育

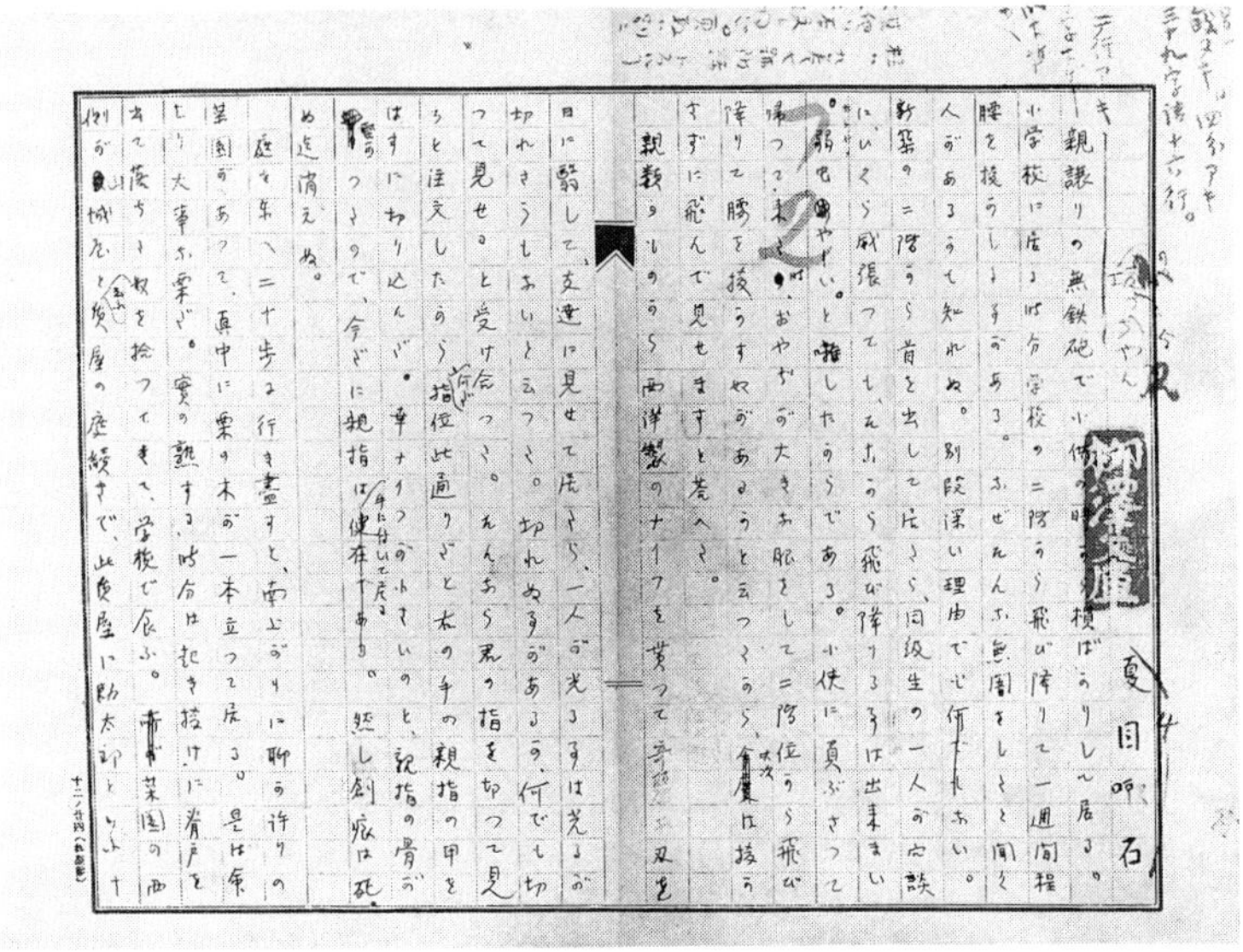
坊っちやん　夏目漱石

一

親譲りの無鉄砲で小供の時から損ばかりして居る。小学校に居る時分学校の二階から飛び降りて一週間程腰を抜かした事がある。なぜそんな無闇をしたと聞く人があるかも知れぬ。別段深い理由でもない。新築の二階から首を出して居たら、同級生の一人が冗談に、いくら威張つても、そこから飛び降りる事は出来まい。弱虫やーい。と囃したからである。小使に負ぶさつて帰つて来た時、おやぢが大きな眼をして二階位から飛び降りて腰を抜かす奴があるかと云つたから、今度は抜かさずに飛んで見せますと答へた。

親類のものから西洋製のナイフを貰つて奇麗な刃を日に翳して、友達に見せて居たら、一人が光る事は光るが切れさうもないと云つた。切れぬ事があるか、何でも切つて見せると受け合つた。そんなら君の指を切つて見ろと注文したから、何だ指位此通りだと右の手の親指の甲をはすに切り込んだ。幸ナイフが小さいのと、親指の骨が堅かつたので、今だに親指は手に付いて居る。然し創痕は死ぬ迄消えぬ。

庭を東へ二十歩に行き尽すと、南上がりに聊かの菜園があつて、真中に栗の木が一本立つて居る。是は命より大事な栗だ。実の熟する時分は起き抜けに背戸を出て落ちた奴を拾つてきて、学校で食ふ。菜園の西側が山城屋と云ふ質屋の庭続きで、此質屋に勘太郎といふ十

『坊っちやん』原稿複製（番町書房）

大正三（一九一四）年十一月二十五日午後三時三十分、漱石は学習院で「私の個人主義」と題する講演をしていた。この講演の中で漱石は教師時代を振り返り、自分は教師の資質に欠けていたし、職業としての教師に少しの興味もなく、英語を教えるのが面倒だったと語っている。一方で漱石は、生徒を叱りっ放しの教師がもし世の中にいたら、その教師は授業をする資格がないのであり、叱るのと同時に骨を折って教えるのが当然だと言う。そして「叱る権利をもつ先生は即ち教へる義務をも有つてゐる筈なのですから。先生は規律をたゞすため、秩序を保つために与へられた権利を十分に使ふでせう。其代り其権利と引き離す事の出来ない義務も尽さなければ、教師の職を勤め終せる訳に行きますまい」と結んだ。

確かに、漱石に教師の適性があったかどうかは議論の余地があろう。しかし、教師としての義務を立派に果したのは異論があるまい。時に漱石四十七歳。作家漱石の名声は既に全国に轟いていた。

切れない縁

長い間の念願であった教職から足を洗うことに成功した漱石は、その喜びの気持ちを素直に知人に伝えた。

小生大学退職後小説家と相成り講義の必要もなく又高等学校の調の為めセンチユリー（辞書の名前―筆者注）の厄介になる事もなくなり心中大に愉快に候。

（明治四十年五月二十九日付、奥太一郎宛）

さらに漱石は小宮豊隆にも「英語を離れて晴れ晴れした」と語り、また悪縁で英語を習ったけれど、今後はなるべく英語を控えてドイツ語とフランス語でいきたいと決意を伝えた（明治四十年七月十九日付書簡）。いわゆる「第二外国語」について、漱石の学校での学習歴はドイツ語が大学予備門の時代から帝大までと一番長いが、語学力としては、英文学研究のためにより必要としたフランス語の方が高かったらしい。どちらも英語力とは比較にならないものの、英語を生活の糧とする必要性がなくなった漱石にしてみれば、心情的にそれから離れたい気持ちがあったのであろう。だが漱石は晩年になって野村伝四に、ドイツ語とフランス語をものにしたいが時間が足りないと嘆いているので（大正二年六月二日付書簡）、どうやら創作活動が多忙でこの二か国語をマスターするには至らなかったようだ。

もちろん漱石は教職に戻る気などさらさらなく、小宮宛の手紙にも、早くも早稲田と慶應義塾から教師として招聘されたが断ったと書かれている。ただ教師をしていた影響は、専業の作家になっても有形無形に現れてきた。というのも、まず教師を辞めたにもかかわらず、教え子が相変わらず就職相談にやって来たのである。そんな彼らに対して、漱石は教師時代と変わらず律義に応対し、熱心に就職口を斡旋している。しかも交際範囲の拡大に伴い、教職以外の職業も紹介するようになった。

高須賀淳平と申すもの有之《これあり》是は小生愛媛県にて子供の時に教へた腕白ものに候。（中略）どうか一定の収入ある口を得たいと只管《ひたすら》小生に依頼致候（中略）一寸御使用被下訳には参りかね候や

（明治四十年六月十二日付、渋川玄耳宛）

ここでは自分が入社したばかりの朝日新聞に、遠く松山中学の教え子の就職を働きかけ成功している。別に高須賀が例外なわけではなく、漱石のところへは帝大の卒業生ばかりか、それ以前の生徒も就職の相談に来ていた。漱石の名声に期待した面もあろうが、古い教え子にもわけへだてなく接した、誠実なその人柄が慕われたのだと思う。

弟子の中には少し毛色が変った依頼をする者もいた。帝大英文学科を卒業し、江田島の海軍兵学校で教えていた川井田藤助は、漱石に英会話に関する自著（原本未見）の序文を依頼する。漱

石は以下の手紙に同封してその原稿を送った。

会話の序文御依頼の所新年取込其他にて後れ申候。別紙の如く好加減なもの相認め候御役に立たば御使用被下度候。

（明治四十三年一月九日付）

「英会話」に関する本の序文だけに興味をそそられる。特に、漱石は英語教育論の中で会話そのものにはあまり言及していなかったので、これは一層重要な資料と言えよう。漱石はこの序文で、第一に日本人の英会話能力が以前より低下していることを指摘する。

困難の最なるものは文章と会話である。然し文章は近来中々旨く出来る人が殖えて来た模様であるが、会話に至ると却つて二十年前よりは下手になつたかも知れない。是は教育界に前程西洋人を余計使はないのと、教科書を英語のまゝ暗誦する事が行はれなくなつたのが主な原因になつてゐる。

そして会話力向上のために、反復練習の必要性を唱える。

会話は学問ではない、技術だから其性質として錬修以外に発達の望のないものである。即ち腕組をして考へる代りに、二度でも三度でも同じ事を繰り返せば、繰り返した丈上手になると云ふ意味である。

漱石は続いて、もし日常生活で英語を使う機会が多ければ会話の本など不要だが、現状では英語はそれほど広まっていないし、使っているのも怪しげな英語だから、英会話の本が若者に是非必要だとした。その上で、川井田の書いた英会話書は、会話の一方を日本人、他方を西洋人としている点がユニークであり、会話と同時に西洋の習慣やマナーも覚えることができると推奨している。これを読めば、漱石が川井田の原稿をきちんと読んで序文を書いたことがわかる。こういうところで手抜きをしないのが、漱石に代表される明治の日本人であった。

ボイとドーア

漱石が教師時代の影響を作家時代にも引きずっていたことは、英語の誤りに神経質であったことにも表れている。英語から離れるどころか、漱石は現役の英語教師のような発言を弟子にしていた。

ある時わたしがうつかりブリュタール（brutal）と発音したら、ブルータルだよ、と注意された。（中略）大学（英文）をもう直ぐ卒業しようといふころの久米（正雄）君が、イメージといふ片仮名の単語を口にした、するとすかさず、先生が、イメージつてことはないよ、イミヂ

（このミはメとの中間の軽い音）だよ、と教へられた。（林原耕三「英語の教師としての漱石先生」）

また夏目伸六によれば、独文科卒の小宮豊隆が朝日新聞文芸欄に「アプリルフール」と書いたところ、漱石は「四月をアプリルなんて発音されては文芸欄担任の漱石の英学者としての名前に関はる。元来独乙語なら独乙語でいゝからアプリルナールとでも書いたら好いぢやないか。何を苦しんで半解の英語なんか振回すのだ」と怒ったという（『父・夏目漱石』）。

漱石が英語に厳しかったのは弟子に対してばかりでなく、朝日新聞の同僚であった杉村楚人冠《すぎむらそじんかん》とは、英文の解釈を巡って一週間に四回も手紙を出して論争し、それが雑誌『英語青年』に掲載された。傑作なのは、『明暗』中の煙草のイニシャルが間違っていると指摘してきた人のはがきに「エラタ」（errata―誤字のこと）とあったのを、すかさず「エラタは誤謬の複数で、単数の時はエラタム（erratum―筆者注）になります」と切り返していることである。これは死の五か月前のことだから、漱石は正しい英語へのこだわりを終生持ち続けていたということになろうか。

弟子にも正確な英語の発音を求めたほどだから、漱石は小説の中での英語のカタカナ表記にも当然厳密であった。これについて、漱石の単行本の校正にも携わった林原は、始めは「ボーイ」ではなく「ボイ」、「ドア」ではなく「ドーア」と英語の発音に忠実な表記に執着していた漱石が、後には比較的淡白になったと語っている。だが、遺作となった『明暗』でも漱石は「サラダ」ではなく「サラド」と書いており、まだ十分その点に気を配っていたと思われる。

また、林原はこの英語のカタカナ表記の問題で興味深い話をしている。それは漱石の講演集

『社会と自分』(実業之日本社)の校正をしていた時のことで、そこに「ロマンチスト」という英語にもフランス語にもない言葉が出てきた。林原はこの言葉が当時よく使われていたので、漱石が講演で聴衆に通じやすいように言ったか、または新聞掲載時に編集者が手を加えたと考えて、一応「ロマンティシスト」と直して漱石に確認を求めた。すると、漱石は「ロマンティシスト」がよろしいと答えたという。

この言葉が用いられた講演は、明治四十四年八月十八日に大阪市で行われた「文芸と道徳」であった。そして『社会と自分』には、確かに林原のいう通り「ロマンティシスト」と印刷されている。ところが、『漱石全集』は「文芸と道徳」の底本を『朝日講演集』(朝日新聞合資会社)にしているので、この表記が「ロマンチスト」のままになっていて、このことは巻末の『朝日講演集』と『社会と自分』の主な異同にも記載されていない。なるほど「主な」に該当しないと言われればそれまでだが、少し残念な気がする。

小説の英語教師

次に、漱石の小説に見られる英文学の影響については数多くの研究者が取り上げているが、ここではその作品に登場する英語教師について触れてみたい。教師時代と作家時代を通じて、漱石の小説で主要な役割を演じた英語教師は次の人物である。

『吾輩は猫である』　苦沙弥先生
『坊っちゃん』　うらなり
『野分』　白井道也
『三四郎』　広田先生
『道草』　健三

この中で苦沙弥先生・白井道也・健三の三人は主人公だから、その職業別ランキングを作れば英語教師が一位ということになる。もちろん『道草』のような自叙伝的作品もあるので、英語教師が出てくるのは必然の部分もあるが、それにしても漱石は主要な役割の登場人物を割り当てている。

ただ不思議なことに、漱石はこれらの英語教師の講義をほとんど作品で描写していない。これが書かれているのはむしろ端役で、『三四郎』には西洋人教師の講義の模様が出てくる。

そのうち人品のいゝ御爺さんの西洋人が戸を開けて這入つて来て、流暢な英語で講義を始めた。三四郎は其時 answer と云ふ字はアングロ、サクソン語の and-swaru から出たんだと云ふ事を覚えた。それからスコツトの通つた小学校の村の名を覚えた。

語源学的なところが漱石の講義に似ていると言えば似ているし、「スコット」うんぬんは、こういう知識を要求した大学時代の師ディクソンの影を感じる。

重要人物の講義風景を書かなかったのは、読者がそれを読んで漱石の実際の講義と一体化させてしまうのを避けたかったからであろうか。それとも、そんなことは特に意識していなかったのか。講義ではないが、漱石は次のような記述を残している。

彼がまだ高等学校に居た時分、英語の教師が教科書としてスチーヴンソンの新亜剌比亜物語といふ書物を読ました（中略）夫迄彼は大の英語嫌であつたのに、此書物を読むやうになつてから、一回も下読を怠らずに、中てられさへすれば、必ず起立して訳を付けたのでも、彼が如何にそれを面白がつてゐたかゞ分る。

（『彼岸過迄』）

同時に彼のノートは益細かくなつて行つた。最初蠅の頭位であつた字が次第に蟻の頭程に縮まつて来た。

（『道草』）

第四章で見たように、前者の「スチーヴンソンの新亜剌比亜物語」は一高の教科書に使用した『自殺クラブ』を含んだ作品であり、また後者のノートは『文学論』『文学評論』の講義録を指す。このように、わずかこれだけでも英語教師時代の漱石の姿を写し出す貴重な資料なのだから、本書の著者の立場からすると、英語教師夏目金之助を彷彿とさせる文章を漱石にもっともっと書いてもらいたかったと思わずにはいられない。

子供の語学教育

ところで、漱石はわが子の語学教育はどうしていたのだろうか。親が子供を教えるのは、えてして感情が入り過ぎてうまくいかないものだが、漱石の場合も例外ではなかったようだ。長女の筆子は次のように回想する。

私が英語のリーダーを声を出して読んだりしていると、想い出したように父が首を出し、「おまえの発音は中々よろしい。その位出来るなら、明日からお父様が英語の勉強をみて上げよう」といって私を驚かしたりした事もあります。ところが、ちょうどその日が、個人レッスンの先生を決めてきたばかりの日でしたので、そのことを申しますと、父はあっさりと、「それでは、すぐに断って来なさい。お父様が見て上げるのだから……」とくり返して申します。それではとお断りして参りましたのに、父が約束通りにみてくれたのは僅かに二、三回、あきてしまったのか、気が向かなくなったのか、それとも私の出来が良くなかったのでしょうか、それきりうやむやになってしまいました。

(「夏目漱石の『猫』の娘」)

漱石は娘の教育には一般に無関心で、学校の選択も妻に任せていたくらいだから、このような結果になったのであろう。なにしろ、漱石は娘が自分の小説を読むことすら好まなかったので、

漱石の子供たち（大正4年撮影）

筆子は父の生きている間にその作品を読んだ記憶すらないのである。ただ、漱石に語学をたいして習わなかった筆子はむしろ幸運であった。長男の純一と次男の伸六は、男だったがゆえにひどい目にあわされたのである。まず漱石は二人の息子の学校を自分で選ぶ。

　男の子が小学校に上がるといふ段になつたら、大分自分に考へがある様子で、九段上の「暁星」がいい。あすこは生徒も上品の子が多いし、小学校から外国語（仏蘭西語）をやるし、制服も可愛いといふので、わざ〳〵自分で行つて規則書を取つて来てくれて入れたものです。（『漱石の思ひ出』）

鏡子夫人によると、漱石が暁星小学校

を選択した最大の理由は、外国語をみっちりやらせようと思ったからであった。漱石は息子たちの語学習得に遠大な計画を持っていた。

まづ小学校で仏蘭西語をやる。中学校へ行つてそれに英語が加はる。しかし外の中学よりは程度が落ちるといふから、中学へ行つたら英語は自分が教へる。それから高等学校へ行つたら独逸語を教はる。すると大学へ行つた頃には英独仏三箇国語に通じることが出来るとかいふのでした。

この構想に基づき、漱石は息子たちが小学校から帰ってくると、書斎に呼んでフランス語を教えた。ところが鏡子夫人が隣の部屋で聞いていると、馬鹿野郎の連発で、子供たちは泣く泣く部屋から出て来る。教えているよりも馬鹿野郎の方が多いくらいなので、夫人が見兼ねて漱石に注意した。そのやり取りがおもしろい。

「貴様《あなた》のは傍で聴いてますと、教へるより叱る方が多いぢやありませんか。これ迄随分方々の学校で先生をしてらして、いつもあんなに生徒に向つて莫迦野郎と怒鳴り続けてゐるんですか。」

「彼奴《あいつ》は特別出来ないからだ。一体おれは出来ない生徒にはどこの学校でも仇敵《かたき》のやうに思はれたもんだが、其代り出来る生徒からは非常にうけがよかつたもんだ。」

「でも相手は子供ぢやありませんか。そんなに莫迦々々と叱つてらつしやる間に、出来なけりや深切に手をとつて教へたらいいでせうに。」

この議論はどう見ても漱石に分が悪い。漱石は、あいつは頭が悪いんだなどと反論してはみたが、その後はあまり馬鹿馬鹿と言わなくなったという。だが結局のところ、三か国語をマスターさせるという願いは全くの期待外れに終わった。せめてもの救いは、その現実を知る前に、漱石がこの世を去ったということであろうか。

芥川龍之介

明治四十年三月に帝大と一高の講師を辞任した後、漱石が教壇に立つ可能性がなかったわけではない。例えば明治四十二年の初頭には、森鷗外の推薦で慶應義塾が文学部の教授となることを依頼してきている。しかし漱石は断り、結局永井荷風がその講座を担当することとなった。作家として油の乗り切っていた漱石にとって、教職への復帰など真っ平御免という心境だったのかもしれない。こうした心理に微妙な変化が生じたのは、晩年になってからである。漱石没後、長女筆子と結婚した松岡譲は語る。

先生自身の口から、前に大学で講義をした『文学論』は甚だ不満足なものであるから、今度はそれの恥をそゝぐといふではないけれども、近来しきりにもう一度講壇に立つて、新に自分の本当の文学論を講じて見たい気がすると言つて居られたことがある。さういふ先生の語気には自分から大学の講師でも志願して講筵を開きたいといふ位の意気込みがあつたものだつた。

(「『明暗』の頃」)

同じことを林原も書いているから、事実であるのは間違いなかろう。教師生活の中でも、とりわけ英文学を講じることに拒絶反応を起こしていた漱石が、再び新しい文学論を講じたいと言うのである。なお、松岡はこれを「即天去私」の文学観と断定している。

松岡が最初に漱石山房を訪れたのは大正四(一九一五)年十二月二日なので(関口安義『芥川龍之介とその時代』筑摩書房)、漱石の発言は当然それ以降のものである。それでは、五十に近い年齢に差し掛かった漱石を教壇へと駆り立てたものはなにか。その一つの理由は、芥川龍之介を筆頭とする若い力に触発されたことであると思う。

芥川や松岡が木曜会に参加するようになった頃は、既に古い弟子たちの足は遠のき、漱石が文学や芸術をまともに語り合える人物はほとんどいなかった。そこに文学の素養とフレッシュな感覚を備えた若者が舞い込んで来たのである。漱石は彼らに大いに刺激を受けた。

此手紙をもう一本君等に上げます。君等の手紙があまりに溌溂としてゐるので、無精の僕ももう一度君等に向つて何か云ひたくなつたのです。云はゞ君等の若々しい青春の気が、老人の僕を若返らせたのです。

（大正五年八月二十四日付、芥川・久米正雄宛）

中でも漱石が目をかけたのは、何と言っても芥川であった。漱石が『鼻』を激賞して芥川の文壇デビューのきっかけをつくったのは有名だが、不出来と言われる『芋粥』を評した手紙でも、漱石は注意を与える一方、随所で褒めて励ましている。思うに、英文学・漢詩・俳句・絵画とあらゆる分野で漱石と対等に話ができる弟子は、今までに一人もいなかった。漱石は最晩年にして初めてそういう弟子、芥川と巡り合ったのである。ただ双方にとって惜しむらくは、漱石の死によって二人の交流はわずか一年にして永遠の終わりを迎えた。

ところで、あまり注目されていないことだが、芥川もまた英語教師だった時代がある。漱石が亡くなる八日前の大正五年十二月一日から八年三月三十一日まで、芥川は横須賀の海軍機関学校で教授嘱託として教鞭を執った。この口を紹介した畔柳都太郎《くろやなぎくにたろう》は一高の恩師で、漱石の友人でもあった。海軍機関学校は中学卒業の生徒を集めた海軍の幹部養成学校で、最初の芥川の授業時間数は週十二時間、後に五～八時間である。月給は六十円から、退職時には百三十円まで上がっていた。

教師になる以前から創作活動をしていた点では漱石と異なるが、芥川が教職についた主たる目的も、定収入の確保にあったものと考えられる。そして芥川は婚約者と友人にこんな手紙を送っている。

学校ばかりやつて、小説をやめたら、三年たたない中に死んでしまひますね　教へる事は大きらひです　生徒の顔を見ると　うんざりするんだから仕方がありません

（大正六年九月二十八日付、塚本文宛）

学校の先生をしてゐるのも嫌で仕方がないがさうしないと独立して食へないのだからやむを得ない

（大正七年五月七日付、原善一郎宛）

なんとも師匠の漱石と驚くほどよく似た「ぼやき」ではないか。また『芥川龍之介とその時代』によれば、こう言いつつ芥川も、精一杯教育に立ち向かう青年教師であったらしい。ちなみに、作家として自活できるメドが立った後も、芥川は漱石と同様に大阪毎日新聞社の社員となっている。師匠に倣うということでは、恐らく芥川ほど忠実にそれを実行した弟子は漱石門下にも他にいないと思う。

最後の英語レッスン

大正五（一九一六）年十一月二十一日、仏文学者の辰野隆の結婚披露宴に出席した漱石は、翌日からにわかに体調を崩し、病の床に臥せった。漱石の松山中学時代の教え子で主治医でもあった真鍋嘉一郎は、当時東京帝国大学医科大学で教えていた。そこで真鍋が学生に事情を話して、

当分休講にすると伝えたところ、講義などいくら休んでも構わないから、どうか直してくださいという返事が返ってきた。勇気づけられた真鍋は漱石宅に日参し、献身的な診療を尽くしたのである。

ところが、これを喜ばなかった人物がいた。漱石本人である。漱石は真鍋に「君は学生が待っているから、学校に出ろ」と繰り返し言ったという。考えるに、教師の最低条件は授業を休まないことである。そして漱石は、あれほど嫌悪した松山中学でも、東京からの帰りが遅れた一日以外に全休の日はなかった。死の床で言ったこの言葉こそ、漱石が教師の職責の重さをよく自覚していた証だと思う。

晩年の願いにもかかわらず、漱石が再び『文学論』を講義する機会はなかった。しかしある時、漱石は思わぬところで英語教師を演じることになる。

いつの年の冬のことであつたか、たしか或雪どけの日に、南町のお家へ伺ふと、先生は茶の間の縁側にこゞんで、十二三ぐらゐ？　うすぎたない着物を着た、そこいら近所の子どもらしい少年に、英語の第一リーダーを教へてゐられた。先生は、胃がいたいと見えて、元気のない顔をしてゐられたが、でも、語気や態度には、ちつとも面倒くささうな容子もなく、丁寧に、訳解してやつてゐられた。少年がかへつてから、どこの子ですかと聞くと
「どこの子だか、英語をしへてくれと言つてやつて来たのだ。私はいそがしい人間だから今日一度だけなら教へて上げよう。一たいだれが私のところへ習ひにいけと言つたのかと聞くと、

あなたはエライ人だといふから英語も知つてるだらうと思つて来たんだと言つてた」。
先生はかういふ意味のことを答へて微笑してゐられた。
（鈴木三重吉「漱石先生の書簡」）

思えば漱石が初めて兄から英語を習ったのもこの年頃だった。胃の痛みをこらえながら見知らぬ子供を一生懸命教えていた時、漱石の心にこの遠い昔の記憶は蘇ったであろうか。いずれにせよ、恐らくこれが漱石の生前最後の英語レッスンであった。漱石に教えを受けた少年の名前は誰も知らない。

あとがき

『坊っちゃん』のおかげで、夏目漱石が作家以前に教師をしていたのは小学生の頃から知っていた。英語の教師であったことも中学生の時にどこかで聞いた。しかし、どんな英語教師だったのかは大学を卒業しても知らなかったし、また関心もなかった。そのことに興味を抱いたきっかけは、数年前に開かれた夏目漱石展であった。そこには名作の原稿と並んで、漱石が学生時代に英語で書いた答案や、教師時代に作成した英語の試験問題が展示されていたのである。

周知のように、漱石の生きた明治は日本で英語教育が本格的に始まった時代であった。そして、その頃の英語関係の資料には散逸ないしは滅失したものも少なくないが、漱石は文豪であったがゆえに英語の答案一枚でも大切に保存されてきた。しかも、漱石は中学校・高校・師範学校・専門学校・大学と様々な場所で教鞭を執り、そこでの使用教科書や教授法も多くの教え子が書き残している。まさに漱石は、明治の英語教育に関する一級品の資料を提供してくれるのだ。

従って、漱石自身の英語とのかかわりをたどれば、学ぶ側と教える側の両方について、当時の英語事情を知ることができるのではないか。またその中から、現代の英語教育にも当てはまる問題点が浮き彫りにされるに違いない。ガラスケースの中の英文を目を皿のようにして読みながら、私はそう思ったのである。

ところが驚いたことに、帰宅して展示されていた答案や試験問題を改めて全集で確認しようとしたところ、当時最新版の『漱石全集』にそれらは全く収録されていなかった。そればかりか、漱石についてはあらゆる角度から研究し尽くされているはずなのに、教師としての漱石を論じたものは極めて限られていたのである。そしてこの状況は今でも何ら変わりがないと言えよう。

考えてみると、これは別に不思議な話ではないのかもしれない。一般に人が関心を持つのは「作家」漱石であり、「教師」漱石ではないからである。ただ、貴重な漱石の英語関係資料が埋もれたままなのは実に惜しい。なんとかそれに光を当ててみたい。それに「人間」漱石を理解するには、作家活動に劣らぬ期間を捧げた教師時代も、もっと重視されてもよいのではないか。こうした思いが本書には集約されている。

正直に言って、最初は色々と調べてみたものの、漱石や英語・英文学の研究者でない自分が書くことには多少の逡巡もあった。それでも執筆を決意したのは、自らの教師としての適格性を否定しながらも、学生・生徒に対して誠実な教師たらんとした漱石の姿に、共鳴したからに他ならない。実は私もまた、漱石同様に教師の資質に欠けていることを自覚しつつも、わずかの時間ながらいまだに教壇に立って英語を教えている身なのである。

また今になって思えば、英語教師夏目漱石とまんざら縁がない人生ではなかった。小学生の頃、初めて読んだ文学作品は『坊っちゃん』だったし、近代文学の初版本コレクターである私が初めて買った本は『文学論』であった。しかも、買ったまま本箱で眠っていた『文学論』には、第一志望の大学の入試一日目に、国語の入試問題の第一問として「再会」したのである。さらに初めて英国を訪問した時、ロンドンで迷子になってさまよった末に行き着いたのが、漱石の最初に下宿した場所であった。「初」尽しのこうした経験も、人にはこじつけと思われようが、やはりこれを書くべき運命だったのだと自分を納得させる材料にはなった。

今一つだけ心残りなのは、日本人の英語力をアップさせるための指針を、本書ではほとんど示し得なかったことである。それを意図的に控えたのは、漱石から大きく外れることになるのと、筆者の英語教授法に関する「実験」がまだ終了していないからであった。しかし近い将来、「実証された」日本人の子供向けの英語教授法を、どこぞでご披露したいと考えている。

なお英語教師としての漱石を追うにも、やはり先人の研究の数知れぬ恩恵をこうむった。さらに、東北大学図書館のご厚意で漱石文庫のオリジナル資料の閲覧及び撮影を許可いただいた。あわせて感謝申し上げる次第である。

最後になるが、本書が新潮選書の一冊として世に送り出されるのは、ひとえに新潮社出版部の中村睦さんのご尽力の賜物である。この本の骨子となる構想をお話しした時の「おもしろいなあ」という中村さんの一言と笑顔が、本業に忙殺される中、少しずつでも書き続けようという私の気力の源となった。心からなる御礼を申し上げたい。

二〇〇〇年一月

川島幸希

主要和書参考書目

『漱石全集』　岩波書店　平成五年〜十一年（本文引用の底本）
『漱石全集』　岩波書店　昭和四十九年〜五十一年
『漱石文学全集』　集英社　昭和四十五年〜四十九年
『漱石全集』　岩波書店　昭和十年〜十二年
『漱石全集』　岩波書店　大正六年〜八年
『漱石全集月報　昭和三年版・昭和十年版』　岩波書店　昭和五十一年
夏目漱石『吾輩ハ猫デアル』上・中・下編　大倉書店・服部書店　明治三十八年〜四十年（初版本）
夏目漱石『漾虚集』　大倉書店・服部書店　明治三十九年（初版本）
夏目漱石『鶉籠』　春陽堂　明治四十年（初版本）
夏目漱石『文学論』　大倉書店　明治四十年（初版本）
夏目漱石『文学評論』　春陽堂　明治四十二年（初版本）
夏目漱石『三四郎』　春陽堂　明治四十二年（初版本）
夏目漱石『彼岸過迄』　春陽堂　大正元年（初版本）
夏目漱石『社会と自分』　実業之日本社　大正二年（初版本）
夏目漱石『道草』　岩波書店　大正四年（初版本）
夏目鏡子述・松岡譲筆録『漱石の思ひ出』　岩波書店　昭和四年

夏目伸六『父・夏目漱石』 文藝春秋新社 昭和三十一年
松岡譲『ああ漱石山房』 朝日新聞社 昭和四十二年
松岡譲『漱石先生』 岩波書店 昭和五十一年
松岡陽子マックレイン『孫娘から見た漱石』 新潮社 平成八年
森田草平『夏目漱石』 甲鳥書林 昭和十七年
森田草平『続夏目漱石』 甲鳥書林 昭和十八年
小宮豊隆『夏目漱石』 岩波書店 昭和十三年
内田百閒『私の「漱石」と「龍之介」』 筑摩書房 昭和四十八年
林原耕三『漱石山房の人々』 講談社 昭和四十六年
津田青楓『漱石と十弟子』 芸艸堂 昭和五十三年
赤木桁平『夏目漱石』 新潮社 大正六年
金子健二『人間漱石』 協同出版 昭和三十一年
辰野隆『あ・ら・かると』 白水社 昭和十一年
荒正人『増補改訂漱石研究年表』 集英社 昭和五十九年
原武哲『夏目漱石と菅虎雄—布衣禅情を楽しむ心友—』 教育出版センター 昭和五十九年
江藤淳『漱石とその時代』第一部〜第四部 新潮社 昭和四十五年〜平成八年
『梁川全集』第八巻 春秋社 大正十二年
大儀義雄『漱石の授業 ハーンの講義』 日本古書通信社 平成十一年
竹内洋『〈日本の近代 12〉学歴貴族の栄光と挫折』 中央公論新社 平成十一年
近藤英雄『坊っちゃん秘話』 青葉図書 平成八年
平岡敏夫『「坊っちゃん」の世界』 塙書房 平成四年

半藤一利『漱石先生ぞな、もし』文藝春秋　平成四年
半藤一利『続・漱石先生ぞな、もし』文藝春秋　平成五年
板垣直子『漱石文学の背景』鱒書房　昭和三十一年
野谷士・玉木意志太牢『漱石のシェイクスピア』朝日出版社　昭和四十九年
吉田六郎『作家以前の漱石』勁草書房　昭和四十二年
村岡勇編『漱石資料—文学論ノート』岩波書店　昭和五十一年
福原麟太郎『夏目漱石』荒竹出版　昭和四十八年
佐渡谷重信『漱石と世紀末芸術』美術公論社　昭和五十七年
柴田宵曲『漱石覚え書』日本古書通信社　昭和三十八年
浅田隆編『漱石—作品の誕生—』世界思想社　平成七年
矢本貞幹『夏目漱石—その英文学的側面—幕末明治英学史論集—』研究社　昭和五十一年
森川隆司『漱石の学生時代の英作文三点』近代文藝社　平成五年
平川祐弘『漱石の師マードック先生』講談社　昭和五十九年
出口保夫『ロンドンの夏目漱石』河出書房新社　平成三年
塚本利明『増補版漱石と英国—留学体験と創作の間—』彩流社　平成十一年
稲垣瑞穂『漱石とイギリスの旅』吾妻書房　昭和六十二年
関田かをる『小泉八雲と早稲田大学』恒文社　平成十一年
比較文学会編『比較文学研究』矢島書房　昭和二十九年
木村毅『比較文学新視界』八木書店　昭和五十年
外山正一『英語教授法』大日本図書　明治三十年
外山正一『教育制度論』冨山房　明治三十三年

主要和書参考書目

岡倉由三郎『英語教育』博文館　明治四十四年
『日本の英学一〇〇年　明治編』研究社　昭和四十三年
高梨健吉・大村喜吉『日本の英語教育史』大修館書店　昭和五十二年
川澄哲夫編・鈴木孝夫監『資料日本英学史2　英語教育論争史』大修館書店　昭和五十三年
松村幹男『明治期英語教育研究』辞游社　平成十年
出来成訓『日本英語教育史考』東京法令出版　平成六年
日本英学史学会編『英語事始』エンサイクロペディアブリタニカ　昭和五十一年
重久篤太郎『明治文化と西洋人』思文閣出版　平成二年
『学制百二十年史』ぎょうせい　平成四年
『東京帝国大学五十年史』上冊　昭和七年
『茗溪会百年史』茗溪会　昭和五十七年
平野清介編著『新聞集成夏目漱石像』一〜六　昭和五十四年〜五十九年
平野清介編著『雑誌集成夏目漱石像』一〜二十　昭和五十六年〜五十八年

〔写真・図版協力一覧〕

東北大学「漱石文庫」蔵
P. 10、49、53、57、70、79、93、124、166（2点)、169、175、184、189、191、203、211

国立教育研究所蔵
P. 16

『新潮日本文学アルバム　夏目漱石』より
P. 27、141、158（2点)、207、239

国立国会図書館蔵
P. 97

日本近代文学館蔵
P. 156、225

個人蔵
P. 193、217

新潮選書

英《えい》語《ご》教《きょう》師《し》 夏《なつ》目《め》漱《そう》石《せき》

著　者………………川《かわ》島《しま》幸《こう》希《き》

発　行………………2000年4月25日
12　刷………………2018年10月15日

発行者………………佐藤隆信
発行所………………株式会社新潮社
〒162-8711 東京都新宿区矢来町71
電話　編集部 03-3266-5411
　　　読者係 03-3266-5111
http://www.shinchosha.co.jp
印刷所………………三晃印刷株式会社
製本所………………株式会社大進堂

乱丁・落丁本は、ご面倒ですが小社読者係宛お送り下さい。送料小社負担にてお取替えいたします。
価格はカバーに表示してあります。

ISBN978-4-10-600586-2 C0395